Über dieses Buch Nie gehörte Karl Bennewitz zu den Erfolgreichen, denen irgend etwas in den Schoß fällt. Bis er eines Tages seinen alten Freund Röbel wiedertrifft und der ihm einen Job als Abteilungsleiter in »seinem« Maschinenbaubetrieb verschafft, wo noch ein »zuverlässiger« Mann fehle. Was Röbel damit meinte, begreift Bennewitz bald. Die staatlichen Subventionen für Rationalisierungsprogramme, in der DDR »Neuererwesen« genannt, erweisen sich als unerschöpfliche Quelle für den privaten Wohlstand einiger Betriebsangehöriger.

Lange Zeit läuft alles gut, doch dann lernt Bennewitz die junge Karin März kennen und will sich von seiner Frau trennen. Franziska denkt nicht daran, ihn aufzugeben – und mit ihm das angenehme Leben im Wohlstand. Sie stellt ihm ein Ultimatum: Entweder du bleibst bei mir – oder ich lasse dich »hochgehen«.

In Bennewitz reift ein verzweifelter Mordplan ...

Der Autor Jan Flieger, geboren 1941 in Berlin, arbeitete nach dem Abitur als Kipper und Schriftsetzer, studierte einige Semester Theaterwissenschaft und machte schließlich seinen Abschluß als Ingenieur-Ökonom im Abendstudium. Lebt seit 1973 als Ingenieur und Assistent eines Werksleiters in Leipzig. Er veröffentlichte Kurzgeschichten und mehrere Kriminalromane.

Im Fischer Taschenbuch Verlag erschien außerdem: ›Tatort Teufelsauge‹ (Bd. 8285).

Jan Flieger

Ein tödliches Ultimatum

Kriminalroman

Fischer
Taschenbuch
Verlag

Veröffentlicht im Fischer Taschenbuch Verlag GmbH,
Frankfurt am Main, September 1989

Lizenzausgabe mit freundlicher Genehmigung des
Mitteldeutschen Verlags, Halle-Leipzig
Die Erstausgabe erschien unter dem Titel ›Der Sog‹

Umschlaggestaltung: Manfred Walch, Frankfurt am Main
unter Verwendung einer Illustration von Marek Mann, Köln
Druck und Bindung: Clausen & Bosse, Leck
Printed in Germany
ISBN 3-596-28317-5

O feig Gewissen, wie du mich bedrängst! –
Das Licht brennt blau. Ist's nicht um Mitternacht?

Shakespeare, Richard III.

I

Das Meer funkelt seltsam grün, seine Farbe ähnelt der des Wassers nach einem Zusatz von Fichtennadeln. Der Himmel ist grau, und die wenigen Wolken treibt der Wind auseinander wie ein wildernder Hund die Schafherde, wenn er den Hirten weit genug entfernt weiß und auch seinen vierbeinigen Helfer.

Bennewitz schwimmt in die offene See, er schont seine Kräfte, denn wenn er zurückschwimmt, muß er gegen den Sog kämpfen, der versuchen wird, ihn wieder herauszuziehen.

Ringsum sind nur die Wellen und ein großes Rauschen.

Bennewitz schwimmt, bis er kein Ufer mehr sieht und die Wellen stärker werden. Er liebt diese Kraftproben mit dem Meer.

Bennewitz schwimmt ruhig, mit gleichmäßigen Bewegungen der Arme und Beine, er genießt ihre Kraft, er genießt die Wildheit des Wassers und die des Windes.

Die Sturmbälle sind längst aufgezogen an den hohen Stangen über den weißen Türmen in den Dünen, und die Rettungsschwimmer verjagen jeden Badenden aus dem Wasser.

Bennewitz aber schwimmt dort, wo ihn kein Ruf mehr erreicht.

Das salzige Wasser peitscht sein Gesicht. Einmal berührt sein Mund ein Bündel Tang.

Nun ist es ihm, als ob die Wellen höher werden.

Er wendet sich endlich, um zurückzuschwimmen, doch er kommt nicht voran.

Er schwimmt und schwimmt, aber das Wasser zieht ihn hinaus. Der Sog ist unendlich stark, er packt den Schwimmer mit einer gewaltigen Kraft.

Bennewitz läßt sich treiben, er atmet tief durch, lockert die Arme und die Beine, schwimmt dann wieder mit kräftigen Stößen in Richtung des Strandes.

Aber er sieht ihn nicht, auch wenn ihn die Wellen emporheben wie einen Ball und er aus dem Wasser schnellt, um Ausschau zu halten.

Die Wellen tragen ihn nicht dem Strand entgegen, sie werfen ihn sich gegenseitig zu, er spürt es nun ganz deutlich, und in ihm wächst Unruhe. Oder ist es schon die Angst . . .

Es ist nachmittags, aber mit einem Male scheint der Himmel die Helligkeit des Tages aufzusaugen.

Grau breitet sich aus, als wolle die Dunkelheit schon anbrechen. Das Wasser wird allmählich schwarz, als sei eine riesige Teerwoge aus einem Tanker geflossen und treibe nun dem Strande zu.

Die Wellen heben Bennewitz, werfen ihn in ihre Täler hinab, sie wachsen, werden höher und höher, reißen ihn vorwärts, doch der Sog zurück ist heftiger, stärker als die Arme und Beine.

Bennewitz atmet hastiger, er spürt, wie ihn die Kraft verläßt, er schluckt Wasser und hustet den salzigen Trunk wieder aus.

Möwen fliegen über ihn hinweg, dem Ufer entgegen, ihre Schreie gellen ihm in den Ohren, so schrill, daß seine Trommelfelle schmerzen.

Allmählich klingen die Schreie dumpfer, seine Arme

und Beine werden schwer wie Blei. Doch er versinkt nicht.

Er empfindet das Wasser als eine dicke, zähe Masse, die ihn hinausträgt, er hört keine Möwen mehr, nur eine seltsame Stille ist um ihn, und als er um Hilfe ruft, vernimmt er nicht einmal seine eigene Stimme.

Allein der Sog ist geblieben, unerbittlich zieht er Bennewitz mit.

Dann durchfährt ihn der Schreck, als er die Plattform sieht und das Gebäude auf ihr, drohend sieht er sie beide vor sich.

Das Haus besitzt keine Fenster, nur schmale Schlitze, und das Wasser wirbelt zwischen den dicken Pfeilern wie ein ungebändigter Mahlstrom.

Angst packt Bennewitz, eine rasende, eine schmerzhafte Angst, die ihm die Luft nimmt.

Er wehrt sich gegen den Sog, aber es gibt keine Hoffnung, das Wasser trägt ihn den Pfeilern entgegen.

Er schreit, aber aus seiner Kehle kommt kein Laut.

II

Eine Wand aus Licht zuckt vor Bennewitz auf.

Er erwacht und blickt in Franziskas Augen, die sich über ihn beugt.

»Was ist mit dir, Karl, du fantasierst ja. Ich kann nicht schlafen, wenn du immer sprichst.«

Bennewitz sagt nichts. Er starrt Franziska an. Sein Herz schlägt heftig weiter, und er spürt den Schweiß im Nakken und unter den Achselhöhlen, kalten Schweiß.

Er will, daß Franziska ihn in Ruhe läßt. Sie aber setzt sich auf die Bettkante.

»Was faselst du von einem Prozeß?« hört er sie fragen, »von Linke, von Wetzig?« Und nach einer kurzen Pause sagt sie noch: »Du mußt etwas vom Ertrinken geträumt haben.«

Er reibt sich die Stirn, die am Haaransatz feucht ist. Diese verfluchte Angst!

»Du siehst blaß aus«, hört er Franziska sagen.

Er winkt ab.

»Welchen Prozeß meinst du denn?« Franziska läßt nicht locker. »Ist etwa das Urteil gegen Linke und Wetzig schon gefällt?«

Bennewitz zuckt zusammen, als sie diese Fragen stellt.

Woher weiß Franziska von diesem Prozeß? Aber dann erinnert er sich, daß er selbst ja von Linke gesprochen hatte und von Wetzig, als sie verhaftet worden waren.

»Wieviel haben die beiden bekommen?« fragt Franziska mit sanfter Stimme, als spräche sie mit einem Kranken.

»Ich weiß nicht«, weicht Bennewitz ihrer Frage aus.

»Du weißt es nicht?« fährt Franziska ungläubig fort, »es würde mich aber interessieren, Karl, wirklich.«

»Ich glaube, zehn Jahre«, antwortet Bennewitz nun.

»Warum regt dich das Urteil so auf? Weil ihr so etwas Ähnliches tut wie Linke und Wetzig?«

Bennewitz schweigt, und die stählerne Klammer um seinen Kopf schmerzt heftiger.

Die Angst . . .

Diese noch nie vorher gekannte Angst . . .

Er spürt leichte Stiche in der Herzgegend.

»Franziska«, sagt er keuchend, »weißt du, was das heißt: zehn Jahre im Gefängnis? Zehn Jahre eingesperrt sein in eine Zelle? Und den Schaden zurückzahlen? Ein ganzes Leben nur Schulden, für nichts und wieder nichts?«

»Was geht dich das an?« sagt Franziska, und sie lächelt sogar.

»Begreifst du denn nicht, Franziska? Wenn auch bei uns eine Untersuchung anläuft! Der Hauptbuchhalter kann sie gerufen haben, dieser Schrader. Dann kommen sie auch zu mir! Und sie bekommen alles heraus, alles.«

Franziska winkt ab.

»Ach was! Das macht der Schrader nicht. Glaub mir, Karl, niemand holt die Revision in den eigenen Betrieb! Kommt was heraus, fällt es ja auch auf den Hauptbuchhalter zurück. Schrader wird sich hüten . . .«

Wenn es nur wahr wäre! denkt Bennewitz. Aber was hatte Kretzschmar erzählt? Es gebe eine hohe Dunkelziffer an Gesetzesverstößen in den Betrieben, denen man nachgehen und die man mit aller Strenge ahnden würde. Und was kam dann? Das Gefängnis: ein langer Gang mit

Türen zu beiden Seiten, eine öffnet sich und schließt sich hinter ihm, bleibt geschlossen für zehn Jahre! Die besten Jahre eines Mannes. Arbeiten in den Werkstätten des Gefängnisses, stupide Arbeiten, für ein Hungergeld, für Zigaretten. Bautzen, Waldheim – eine Zelle mit zwölf Mann, auf engem Raum zwölf Menschen, primitive dabei, die nicht einmal taugen für ein Gespräch. Tage, Wochen, Monate, Jahre . . . Keine Reise, kein Tanz, keine Frau – nichts. Ein Mann vertrocknet wie ein Baum in der Wüste, ist ein Krüppel, wenn er das Gefängnis verläßt. Für je zehntausend Mark, die sie einem nachweisen können, sitzt man ein Jahr in einer Zelle.

Bennewitz überfällt ein Schüttelfrost, er zieht die Bettdecke bis zum Kinn.

Wenn sie mich schon beobachten, denkt er, wenn Greiner für sie arbeitet? Greiner mit seinem schiefen Blick, Greiner, der in letzter Zeit so seltsam grinst, wenn er mich sieht, so hintergründig. Solange ich gesund bin, solange ich nicht freiwillig gehe, kommt er nicht auf meinen Sessel.

Aber ein anonymer Anruf bei der Kripo könnte genügen, und schon . . .

Bennewitz schlägt das Deckbett zurück und geht ziellos im Zimmer auf und ab.

Franziskas mitleidiges Lächeln regt ihn auf. Sie nimmt meine Angst nicht ernst, denkt er.

Die Nägel seiner Finger brennen in seinen Handflächen.

»Hör auf, herumzurennen wie ein Tier im Käfig«, sagt Franziska. »Was haben denn die anderen zu der Sache gesagt? Was meint Pittwein? Was sagt Röbel? Hast du mit ihnen gesprochen nach dem Urteil?«

Bennewitz nickt.

»Nichts haben sie gesagt. Es scheint ihnen nicht unter die Haut zu gehen.«

»Na also«, antwortet Franziska. »Pittwein ist schließlich technischer Direktor eures Betriebes. Ihn würde es am schwersten treffen, er müßte Angst haben, nicht du!«

Bennewitz reibt sich nervös sein Kinn. Er ist nicht zu beruhigen.

»Denk doch mal, Karl«, hört er Franziska wieder. »Über Jahre macht ihr das schon, über viele Jahre. Ihr kennt euch, keiner von euch würde ein Wort zu irgend jemandem sagen, weil er dann selbst am Angelhaken hängt. Ihr seid eine verschworene Gemeinschaft, und die müßt ihr bleiben. Ich halte es für unwahrscheinlich, daß bei euch etwas entdeckt wird, dafür seid ihr zu clever, und wenn, dann wäre es schon geschehen.«

Sie erhebt sich, geht in das Wohnzimmer und kommt schon nach wenigen Augenblicken mit einem Glas zurück, gefüllt bis zum Rand.

»Trink, Karl! Der Kognak wird dir guttun.«

Sie sieht zu, wie hastig er trinkt und wie das Glas in seinen Fingern zittert.

»Wenn man es so gut macht wie ihr, Karl, und wenn ihr auch im privaten Leben aufpaßt, kann nichts geschehen. Keiner darf sprechen«, ergänzt sie leise, aber betont jedes Wort.

»Wir zwei sind immer vorsichtig gewesen«, fährt sie fort. »Wir haben nie mit unserem Besitz geprahlt, zahlen keine hohen Summen ein, legen das Geld in Antiquitäten an, in teuren Reisen. Wenn jemand fragt, ist vieles vom Geld meiner Eltern, die Antiquitäten haben sie uns geschenkt. Du weißt, daß sie uns decken, wenn es nötig sein sollte.«

Bennewitz setzt sich auf die Kante des Bettes, und noch immer hält er das Glas in seiner Hand. Franziska setzt sich neben ihn und sieht ihm in die Augen. Sie hat ihn schon schwach gesehen und unsicher, aber so durcheinander noch nie. Sie weiß, wenn sie ihn fest an sich ziehen will, ehe er ihr entgleitet, dann muß sie jetzt auf ihn einwirken.

»Wetzig«, sagt Franziska plötzlich leise, »soll durch eine anonyme Anzeige gestellt worden sein.«

»Wer sollte das getan haben?«

»Wetzigs Frau«, sagt Franziska. »Sie ist ihm draufgekommen, daß er das Geld mit einer Jüngeren verjubeln wollte. So wird es erzählt. Ein Akt der Selbstjustiz.«

Franziska sieht, daß seine Unsicherheit wächst. Sie sagt unvermittelt hart: »Auch dich könnte so eine Anzeige treffen, Karl.«

»Mich?«

»Ja, dich.«

»Wer sollte mich auffliegen lassen?«

»Ich.«

»Warum?«

»Das weißt du genau, Karl!«

»Aber Franziska, ich verstehe wirklich nicht . . .«

»Es ist wegen dieser Frau!«

»Wegen welcher Frau, Franziska?«

»Mach mir nichts vor, Karl. Ich weiß, wie sie aussieht, ich weiß, wo sie arbeitet, ich weiß, wo sie wohnt.«

Sie lacht plötzlich auf, aber es ist ein bitteres Lachen.

»Ich weiß auch, wann du dich mit ihr triffst. Ich weiß alles. Alles!«

Er nimmt das Kalte in ihren Augen wahr, das nichts Gutes verheißt, als sie weiterspricht.

»Sei wenigstens einmal ehrlich, Karl! Ich habe ein Recht darauf. Ich habe dir genug Jahre meines Lebens geopfert.«

Bennewitz verspürt ein Gefühl, als glitte der Boden unter ihm weg. Er kann keinen klaren Gedanken fassen.

Völlig unvorbereitet trifft sie ihn.

»Du willst mich loswerden«, sagt Franziska, »weil irgend so eine Junge kommt, die es im Bett besser macht als ich. Bist du schon so alt? Muß dir eine Junge bestätigen, daß du als Liebhaber noch gut bist?«

Bennewitz schweigt. Er preßt die Hand auf das Herz und ringt nach Luft. Er erhebt sich und geht in die Küche, nimmt eine Flasche Bier aus dem Kühlschrank, aber das Bier schmeckt ihm nicht, er stellt das gefüllte Glas auf den Tisch zurück. Franziska beobachtet ihn. Sie weiß, daß sie jetzt nicht lockerlassen darf. Karl ist angeschlagen, aber nicht k.o. Sie muß weitere Schläge austeilen.

»Andere Frauen mögen zusehen, wie man ihnen den Mann wegnimmt«, sagt sie drohend, »ich werde es nicht tun. Mich wirst du nicht los, mein Lieber, mich nicht! Ich lasse mich nicht wegwerfen. Ich werde kämpfen, und es wäre gelacht, wenn ich nicht stärker bin als diese blasse Karin.«

Bennewitz steht da, er weiß nicht, was er Franziska antworten soll, und einen Augenblick lang wünscht er sogar, daß er Karin nie begegnet wäre. Aber er will Karin doch, und er will sie nicht nur als Geliebte, die er dann und wann besucht.

Sie gehen ins Wohnzimmer, er setzt sich in einen Sessel, Franziska auf die schwarze Couch.

Wie er sie haßt, diese Franziska!

Franziska blickt auf ihre Hände, als sie spricht.

»Seit zwei Tagen, Karl, seitdem ich weiß, wer diese Frau ist, liege ich ohne Schlaf und denke nach. Ich habe an alles gedacht, auch daran, dich zu verlassen. Aber ich brauche dich.«

Sie sieht ihn an.

»Und du brauchst mich«, fährt sie fort. »Ohne mich wärst du nicht geworden, was du bist, ohne mich gehst du unter. Du brauchst keine Frau, die dich anhimmelt, und schon gar kein gebildetes Schäfchen mit künstlerischen Ambitionen. Du brauchst eine Frau mit starkem

Willen, eine, die dich lenkt, glaub es mir. Ich kenne dich genau.«

Bennewitz weicht ihren Augen aus. Er weiß zu gut, wieviel Wahrheit in ihren Worten steckt.

»Du hast dich nie über mich beklagt, Karl, und nun, wo du eine andere Frau kennenlernst, lebst du mit mir weiter, als wäre nichts geschehen. Du willst sie wohl in aller Ruhe testen, und wenn dir sicher zu sein scheint, daß es mit ihr besser geht als mit mir, willst du mich verlassen. So nicht, Karl!«

Sie atmet hastiger.

Bennewitz spürt sein Herz rasen. Franziska sieht ihn unverwandt an. Sie erwartet eine Antwort, jetzt, in dieser Minute. Er weicht ihren Augen aus, blickt aber dann doch wieder zu ihr hin.

»Sag endlich was«, hört er Franziskas Stimme.

Doch er schweigt noch immer.

»Meine Anzeige«, sagt Franziska, »wird nicht nötig sein, nehme ich an. Dazu bist du zu klug. Oder täusche ich mich?«

Bennewitz spürt eine lähmende Schwäche in seinen Armen und in seinen Beinen, die ihn beinahe willenlos macht. Sie verdrängt aber nicht den Haß auf diese Frau, die ihn in die Enge treibt, weil sie ahnt, daß sie ihn in der Hand hat.

»Nun, Karl? Ich warte auf deine Antwort.«

Ich könnte sie erschlagen, denkt Bennewitz. Ich könnte es wirklich tun . . .

Er blickt Franziska nicht an, als er spricht, leise und gepreßt.

»Wenn ich dir achtzig Prozent von allem gebe, was wir besitzen, willigst du dann in eine Trennung ein, Franziska?«

Franziska schnellt hoch, sie steht vor Bennewitz und blickt kalt auf ihn herab.

»Ich mach' es nicht einmal für hundert Prozent! Die bekommt dich nie! Nie!«

Sie stehen sich gegenüber, Franziska und Bennewitz. Franziskas Stimme ist unerbittlich.

»In zwei Tagen«, sagt sie, »hast du alles geklärt. Ich warte keinen Tag länger. Du brichst mit dieser Frau, oder ich« – sie zögert etwas, ehe sie ihren Satz schnell beendet – »oder ich zeige dich an.«

Bennewitz erstarrt. Wie eine Glutwelle durchflutet der Haß alle Adern in seinem Körper, und einen Moment lang verliert er seine Beherrschung, krallt die Finger um Franziskas Hals.

»Du!«

»Tu dir keinen Zwang an«, sagt Franziska kalt.

Bennewitz löst seine Finger, wendet sich keuchend von ihr ab, stürzt aus dem Schlafzimmer und in das Bad. Im Spiegel sieht er sein Gesicht, bleich und fremd. Ich bringe sie um, hört er sich flüstern, als ob ein anderer die Worte spräche.

»Ich bringe sie um, ich bringe sie um . . .«

Franziska muß sein Flüstern gehört haben.

»Für eine solche Tat, Karl, bist du zu schwach. Du hast immer jemanden gebraucht, der dich schiebt. Immer! Allein bist du ein Nichts! Ein Nichts!«

III

Bennewitz sitzt im Auto, aber er startet nicht. Da ist noch immer Franziskas Stimme ...

Ein Nichts!

Allein bist du ein Nichts!

Ein Nichts!

Ein Nichts!

Ist er immer ein Nichts gewesen? Hat man ihn immer gelenkt und geschoben?

Schon als Kind?

Er schließt die Augen ...

Er betrat die Klasse, und er trug die Klemme im Haar, die er nicht mochte und auch nicht der Klassenleiter Speck, nicht die Mitschüler, er trug die Klemme, seine Mutter bestand darauf, auch wenn alle lachten. Die Mutter wollte die Klemme behaupten gegen den Willen des Lehrers Speck.

Bennewitz konnte sie nicht herausziehen, die Mutter hätte es bemerkt, sie schob die Klemme in sein Haar auf eine unnachahmliche Weise und befreite ihn erst von ihr, wenn er die Wohnung betrat.

Im Leben muß man sich durchsetzen, sagte die Mutter, wer sich nicht durchsetzt, der geht unter.

Er setzte sich still in die dritte Reihe auf seinen Stuhl an der Fensterseite, und das Gelächter der anderen tat ihm weh. Er war still, als entschuldigte er sich für seine Anwesenheit, er war kleiner, jünger, aber der Ehrgeiz der Mutter war gestillt: ihr Sohn ging in die Schule und war noch nicht sechs! Der Kleinste, der Schwächste, der später am Barren versagte und am Reck und an der Tafel in den Mathestunden, bei den Mädchen, denen er zu klein war, weil er zu langsam wuchs. Er duckte sich unter den Schlägen, den Worten, dem Lachen. Er duckte sich und dachte, einmal schlage ich zurück.

Er schlug nicht zurück, auch nicht in der Oberschule, der grauen mit dem kleinen Hof, die er haßte, aber der er nicht entrinnen konnte: eine feindliche Welt.

Bennewitz duckte sich unter dem Spott und den Streichen, die man ihm spielte, nur im Traum war er der strahlende Held, im Nachttraum zu Hause, im Tagtraum in der Klasse.

Aber für Träume gab es keinen Dank, keine Zensuren, wer träumte, verlor den Faden, verirrte sich im Dickicht, das Latein hieß oder Mathematik, wer träumte, verträumte den Erfolg.

Bennewitz werde ein Versager bleiben ein Leben lang, das sagten sie alle. Versager wurden geboren, um zu versagen.

Aber einmal, träumte Bennewitz, fände ein Klassentreffen statt, und die Gesichter würden bleich vor Neid, auch das von Vogel, das von Kleinschmidt, denn er, der Werkdirektor Bennewitz, würde in einem schwarzen Tatra vorfahren, dem eigenen. Einen solchen Wagen fuhr in der kleinen Stadt nur der Fleischermeister Schmidtchen. Und wer war mehr als ein Fleischer? Höchstens Winzer, der Meister der Klempner.

Bennewitz träumte, er sei ein Mann wie Bauchstedt, der Werkleiter vom Waggonwerk, in dem die Klasse ihre polytechnische Ausbildung erhielt.

Vor Bauchstedt erbebten alle. Er war klein und hager

und doch kräftig, seine Lippen waren meist schmal zusammengepreßt.

Schritt Bauchstedt durch das Werk, so nahm die Emsigkeit zu, jeder arbeitete rascher, niemand stand herum und plauderte, jeder tat, als kenne er nur ein Ziel: die Arbeit.

Auch Bennewitz trieben diese Augen an. Näherte sich Bauchstedt, wuchs sein Ehrgeiz, schneller zu arbeiten, schneller als die anderen, auch besser. An einer Hobel-Fräsmaschine stand er, und er wünschte sich, daß die Maschinen der Klassenkameraden falsch liefen, ja daß ihre Werkstücke fehlerhaft waren, nicht verwendbar, Ausschuß. Das Geräusch der Maschine, wenn sie sich in das Metall fraß, weckte in Bennewitz das Gefühl, als verfüge er über eine gewaltige Kraft, als sei er stark und unbesiegbar.

Und einmal geschah es, daß Bauchstedt bei Bennewitz stehenblieb, daß seine Augen auf Karls Händen ruhten und jeden Griff verfolgten. Endlich nickte Bauchstedt, legte die Hand auf Karls Schulter und ging weiter.

Bennewitz glühte vor Stolz, denn bei Rietschel nickte er nicht, dieser Bauchstedt, auch nicht bei Vogel, nicht bei Kleinschmidt. Nur bei ihm! Bei Karl Bennewitz!

Von diesem Tag an stand es fest: Er wollte, er mußte ein Bauchstedt werden. Wie das zu schaffen war, blieb unklar, auch in den Träumen. Klar war nur, er würde ein Bauchstedt, zu dem man aufblickte, dessen Wort im Werk als Gesetz galt, der Achtung, Respekt, Ehrfurcht, Autorität genoß. Warum war er, Bennewitz, so anders als die anderen, warum waren sie besser, die anderen, klüger, tüchtiger, schöner, größer? warum?

Die Mutter konnte durch nichts und niemanden gehindert werden, ihren Willen durchzusetzen. Sie fürchtete niemanden, und die Lehrer erblaßten, wenn sie die

Schule betrat. Man ließ einen Schüler nicht sitzen, der eine solche Mutter besaß, auch wenn das Wissen eigentlich nicht ganz ausreichte in Mathematik, Chemie, Physik und Latein. Die Mutter hatte nur diesen Sohn, den einen, denn ihre Ehe lief nicht gut mit dem Mann, der zwar eine angesehene Position in der Gesellschaft einnahm, die Familie aber vernachlässigte. So wurde Karl ihr Halt, auf ihn konzentrierten sich ihre Wünsche und ihre Fürsorge.

Also blieb ihm als Ziel nur das Abitur, obwohl er hinauswollte aus dieser Schule, in eine Lehre, irgendwohin, nur weg aus der Stadt. Der Weg war abgesteckt, die Hürden aus lateinischer Grammatik, aus Integralen und Vokabeln stieß die Mutter um. Und die Lehrer wußten: das kleinere Übel war Bennewitz, der Abiturient.

Bennewitz haßte die Klasse, die sein Versagen kannte, aber er sah auf zu Schimaneck, dem Primus, zu dem alle aufsahen, auch die Mädchen. Und er beneidete Feigel, der alle Arbeiten abschrieb von Schimaneck und so ganz oben stand in der Gunst der Lehrer, die wohl blind waren oder nicht begriffen, wie Feigel wirklich zu seinen Erfolgen kam.

Bennewitz blieb ein mittelmäßiger Schüler, er war fleißig, doch er lernte schwer. Nicht nur die chemischen Formeln und die lateinische Grammatik waren ihm ein Grauen.

Bennewitz wuchs zu langsam, Bennewitz verließ der Mut, wenn er über den Kasten springen sollte, Bennewitz schlug die Augen nieder, wenn sie über ihn lächelten, die Kleinschmidts, Vogels, Rietschels oder die Mädchen der Klasse.

Er saß in der ersten Reihe im Chemiezimmer, in dem die Bänke anstiegen wie in einer Arena, durch einen Mittelgang getrennt. Er saß zwischen Rietschel und Vogel, sie schrieben eine Klassenarbeit, die nur aus Formeln bestand. Sie wollten nicht in seinen Kopf, die Formeln, er begriff sie nicht, und er vergaß sie schnell wieder, wenn er sie sich mit viel Mühe eingepaukt hatte.

Witternd wie ein Wiesel stand sie vor ihnen, die Klassenlehrerin, die eiserne Jungfrau Störmer, die alle Schliche kannte, die Schülergehirne ersannen, um ihre gefürchteten Arbeiten zu überstehen. Die schnellsten Augen besaß sie, die man sich denken konnte, die wachsamsten – die Augen eines Adlers.

Sie mochte Bennewitz nicht, weil er schlecht war in ihren Fächern.

Ruhig saß er vor ihr, kaute auf dem Füllfederhalter. Sicher dachte sie, er würde wieder eine Fünf schreiben und nur um Haaresbreite dem Sitzenbleiben entgehen am Ende dieses Schuljahres.

Und doch standen die Formeln heute auf seinem Blatt und richtig, und eine folgte der anderen, immer, wenn die Unerbittliche ihren Blick von ihm weg und durch die Klasse schweifen ließ.

Sie blickte auf die Blätter Rietschels und Vogels. Bei ihnen waren die Formeln falsch. Aber bei ihm entdeckte sie keinen Fehler.

Bennewitz saß vor ihr mit unbewegtem Gesicht, schrieb, unterstrich, indem er das kleine Holzlineal auf sein Blatt legte. Sauber und ordentlich schrieb er die Formeln. Nicht eine fehlte. Vogel schmierte, zog Linien mit der Hand.

Und immer, wenn die Lehrerin den Blick schweifen ließ, klappte es um, das kleine Lineal, sah Bennewitz hinab auf die Formeln, die sorgsam und sehr klein und mit spitzem Bleistift auf das Holz geschrieben auf der Rückseite standen. Nicht eine fehlte aus dem Stoffgebiet, das die Unerbittliche gelehrt hatte.

Und die Hände hielt er so, daß sie nicht abschreiben konnten, nicht Vogel, nicht Rietschel, zwischen denen er saß.

Deutlich nahm er bald wahr, wie sein Ansehen stieg, mit jeder guten Zensur, langsam, aber sicher.

Ein bislang unbekannter Ehrgeiz brannte in ihm, eine Besessenheit, die jede Hemmung wegspülte; er wurde ein Meister im Erfinden immer neuer Schliche, die er nie verriet, zu keinem sprach er ein Wort, keinen ließ er abschreiben. Er plante genau, denn jeder Lehrer war anders, es gab Bären und Adler.

Er schrieb die Arbeit in Physik, schrieb sie mit der rechten Hand, und in der linken Faust lag das kleine Heft – Zettel in Heftform gefaltet und zusammengenäht von der Mutter. Mit dem Daumen blätterte er die Seiten um, auf denen sie standen, die Lehrsätze, die Formeln, die Beispielaufgaben. Die Mutter hatte gestaunt über diese Idee. »Die Welt will betrogen sein«, sagte sie und lachte.

Und er entwickelte die Fähigkeit, das für die nächsten Stunden oder für das Schuljahr benötigte Wissen wenigstens so lange zu speichern, wie es gebraucht wurde, um es erst dann zu vergessen.

Bennewitz hört die Haustür zuschlagen.

Lehmann sieht ihn im Auto sitzen, blickt erstaunt, hebt den Arm zu einem kurzen Gruß.

»Hallo, Bennewitz!«

Ich muß fahren, denkt Bennewitz. Ich muß hier weg.

Er startet den Wagen und erreicht in fünfzehn Minuten das Werk.

Uhlig, der Pförtner, der einarmige Uhlig, mustert ihn erstaunt.

»So früh, Kollege Bennewitz? Sie sind heute der erste. Der allererste!« Er reicht ihm den Schlüssel und sinkt ächzend auf seinen Stuhl zurück.

Bennewitz geht über den Hof. Die Frühschicht in den Hallen hat noch nicht begonnen, alles ist dunkel. Dann sitzt er an seinem Schreibtisch, ohne Licht.

Er hört Röbels Stimme, sehr fern. Die Stimme klingt frisch und aggressiv wie immer. Ohne Röbel wäre ich nicht hier, denkt Bennewitz, ohne Röbel hätte ich auch nicht gelernt zurückzuschlagen.

Wie war das damals in der Kaserne, als er Röbel kennenlernte?

Da war das Zimmer mit den acht Betten, vier Mann lagen oben, vier lagen unten, da waren die »Alten«, die die »Neuen« duckten, da war Röbel, klein und drahtig, jähzornig und mit flinken Fäusten. Röbel, der mit ihm durchs Tor getreten war, zeigte ihm bald, wie man boxen mußte, wie man der Faust des anderen auswich, die nach dem Kopf zielte oder nach dem Bauch, und wie man die eigene Faust einsetzen mußte, um empfindliche Körperteile des Gegners zu treffen und zu siegen.

Mit Röbel lief er an jedem Abend durch das Gelände. Am Anfang glaubte er nicht, daß er es schaffen würde, lange Strecken durchzustehen. »Du schaffst mehr«, sagte Röbel, »als du denkst, du schaffst, was du willst, wenn du nur willst.«

Und Bennewitz schlug sich mit Broda, und er staunte: seine Fäuste waren hart, waren schnell, und er traf Broda fünfmal, wenn der ihn einmal traf.

Bennewitz schlug nun zurück, manchmal suchte er sogar den Streit, aber in seinem Herzen saß sie noch immer, diese unerklärliche Furcht vor dem Versagen. Er schlug hinein in die Furcht, jedes fremde Gesicht konnte Furcht in ihm wecken, jedes Lachen erregte ihn, auch wenn es ihm nicht galt.

Aber man lachte nicht mehr über Bennewitz, weil man seinen Jähzorn fürchtete, es gab andere, die der Spott verfolgte, die so waren, wie Bennewitz in seiner Kindheit gewesen war. Bennewitz tauchte in die Masse, schwamm nicht oben, schwamm nicht unten, hatte die ruhige Mitte des Stromes erreicht, aber gegen alles und jeden spürte er ein Mißtrauen, das ein Funke zum Haß entflammen konnte.

Als Bennewitz die Männer sieht, die in die Hallen gehen, drückt er auf den Lichtschalter. Er schließt seinen Schreibtisch auf, breitet sorgsam Hefter und Schriftstücke auf der Platte aus, setzt sich und stützt den Kopf in die linke Hand.

Er kann nicht arbeiten. Er muß an Franziska denken, an ihr Ultimatum. Wie er diese Franziska haßt! Alles hätte sie verlangen können, nur nicht, daß er Karin verlassen solle – und das in zwei Tagen.

Die Tür fliegt auf.

Es ist Röbel.

»Grüß dich, Karl!«

Bennewitz schweigt.

»Eine schlechte Nacht gehabt?«

Bennewitz winkt ab.

»Nicht gut«, sagt er. »Kaum geschlafen.«

»Willst du noch immer aussteigen, Karl? Pittwein hat mir gesagt, du willst nicht mehr mitmachen? Hast kalte Füße bekommen wegen der Geschichte mit Wetzig und Linke? Ich hoffe doch, daß das nur ein kleines Tief ist?«

Bennewitz stiert vor sich auf die Tischplatte.

»Junge«, sagt Röbel langsam, »dreh nicht durch! Nur weil es zwei erwischt hat, die nicht schlau genug waren?«

Bennewitz sitzt reglos und mit schmalen Lippen.

»Du hast mich reingeritten«, sagt er langsam und preßt die Worte zwischen den Lippen hervor.

Röbel lacht auf.

»Ach, so läuft hier der Hase. Dazu gehören doch wohl immer zwei, mein Lieber. Jahrelang streichst du das Geld ein und bist mit dem, was dein Freund Röbel sich ausdenkt, sehr zufrieden. Und plötzlich soll ich der schwarze Mann sein? So nicht, Karl.«

»Ich will nicht mehr«, sagt Bennewitz.

»Was ist in dich gefahren? Hast du Angst? Der Prüfer, der uns auf die Spur kommt, ist noch nicht geboren! Und vergiß nicht, daß das Neuererwesen dringend gebraucht wird für die Planerfüllung. Der Gewinn für das Kombinat ist auch dann, wenn wir eine krumme Sache machen, weitaus größer als das, was wir für uns abzweigen.«

»Ich mach nicht mehr mit«, sagt Bennewitz.

Röbel läuft im Zimmer auf und ab.

»Und was sagt Franziska zu deiner – Eingebung?«

»Hör auf mit Franziska. Was wird die wohl sagen: Weitermachen.«

»Du hast eine vernünftige Frau!«

Bennewitz schweigt.

»Was meinst du, was die anderen sagen werden? Sie werden fürchten, daß Gefahr droht, wenn Bennewitz aufhört. Du bist eine Schlüsselfigur in unserem Spiel. Du kannst die ganze Gruppe zerstören. Die anderen werden Angst bekommen, unsicher werden und dann – einen Fehler machen.«

»Ihr macht weiter wie zu der Zeit, als ich noch nicht im Werk war«, sagt Bennewitz.

»Das geht nicht mehr, Karl.«

Röbels Augen blicken hart.

Das Schweigen steht zwischen ihnen wie eine Wand.

»Wir können auch anders, Karl, wenn du uns herausforderst!«

»Ich fordere euch nicht heraus«, antwortet Bennewitz. Er beginnt einen zunehmenden Druck im Magen zu spüren.

Röbel steht am Fenster und blickt auf den Hof.

»So eine gute Stelle wie deine jetzige, Karl, findest du nicht so schnell wieder.«

»Ich will ja nicht gehen«, sagt Bennewitz.

»Aber wir werden es wollen, mein lieber Karl. Es ist nicht gut arbeiten für dich in diesem Werk, wenn du Pittwein und mir in den Rücken fällst. Du bleibst auf alle Fälle bei deinem Entschluß?«

Bennewitz spürt den Druck im Magen stärker und auch wieder die Stiche in der Herzgegend.

»Ja«, sagt er schnell, und er wundert sich über den Mut, den er plötzlich aufbringt, denn er ahnt die Drohung, die ihm Röbel nun präsentieren wird.

»Wenn du aussteigst«, hört er Röbel sagen, »und ich wittere Gefahr, dann weiß ich nicht, was ich tue. Ehe ich zehn Jahre kassiere, bin ich zu allem bereit. Treib mich nicht zum Äußersten.«

»Zum Äußersten?« fragt Bennewitz, nun doch erschrocken über den Ton in Röbels Stimme.

»Ein Unfall, mein lieber Karl, könnte manches lösen.«

»Ein Unfall?«

»Dein Wagen könnte mal defekt sein.«

»Du bist ja verrückt!«

»Ich bin nicht verrückt, Karl. Ich warne dich nur. Ich warne nur einmal. Gewöhnlich warne ich überhaupt nicht. Aber du warst ein Freund. Bis jetzt.«

Bennewitz spürt, wie sein Herz immer schneller schlägt.

Die Feindschaft einer ganzen Gruppe, die zu allem bereit ist, weil jeder die mögliche Strafe kennt.

Er stützt die Ellenbogen auf die Tischplatte und die Stirn in die geballten Fäuste.

»Morgen höre ich von dir, daß du weitermachst«, sagt Röbel.

Die Tür fällt ins Schloß.

Bis morgen also . . .

Das war das Ultimatum Nr. 2.

Der verfluchte Röbel. Wäre er ihm doch nie wieder begegnet nach der Armeezeit ...

Er traf Röbel auf einer Dienstreise, er traf ihn auf dem Bahnhof Schöneweide, als der Zug nicht kam und die Wartenden immer unruhiger wurden.

»Hallo«, sagte Röbel, »Mensch, Bennewitz, wie geht's?«

Sie umarmten sich, sie spürten es sofort wieder, dieses Gefühl, das sie verbunden hatte während der Armeezeit.

Als der Zug einfuhr, fanden sie nur Stehplätze im Gang eines Erste-Klasse-Wagens, Schulter an Schulter und im Rauch der Zigaretten, den sie beide nicht mochten.

Sie stellten fest, daß sie in der gleichen Stadt arbeiteten und nichts voneinander wußten. Röbel war Hauptmechaniker, sein Werk lag am Stadtrand, ein »Dreckswerk«, wie er sagte, aber man verdiene gut, darum bleibe er. Sie stellten fest, daß ihre Gehälter sich unterschieden, Röbel verdiente mehr. Röbel grinste. Das ist das Grundgehalt, von dem anderen wolle er jetzt nicht reden.

Bennewitz blickte verständnislos und so, daß Röbel lachen mußte.

»Sag nur nicht, dein Gehalt ist dein einziges Geld?«

»Doch«, sagte Bennewitz.

Röbel schüttelte ungläubig den Kopf und heftete den Blick auf Bennewitz, als sei ihm ein Gedanke gekommen.

»Du warst mal im Investitionsbereich? Hast in unserer Branche gelernt?« fragte er nachdenklich.

Bennewitz nickte.

»Dann komm zu uns, ich habe gehört, unsere Investabteilung braucht einen guten Mann. Der Leiter wird nicht mehr lange bleiben, muß vorzeitig in Rente. Ich habe so meine Ohren im Wind.«

Langsamer ergänzte er: »Weißt du, es ist gut, wenn

man sich kennt, ich meine, wenn an bestimmten Stellen die richtigen Männer sitzen.«

Seine Zunge glitt über die Lippen.

»Was meinst du dazu?«

»Es kommt überraschend«, sagte Bennewitz zögernd.

»Ich werde mit Pittwein reden«, schlug Röbel vor.

»Pittwein?«

Bennewitz hörte diesen Namen zum ersten Mal.

»Unser technischer Direktor«, sagte Röbel. »Wenn der und ich dem Kaderleiter sagen, daß wir dich kennen, bist du schon so gut wie eingestellt. Du könntest auch in meine Truppe kommen, aber ich glaube, als Investleiter ist es besser. Laß Röbel mal die Sache schaukeln.«

Später saßen sie noch in der Mitropa und verließen sie Arm in Arm.

»Pittwein«, lallte Röbel, »ist ein guter Mann, du mußt ihn nur beteiligen, bei jeder Sache, er braucht seinen Anteil.«

Bennewitz nickte, aber er verstand die Worte nicht.

Der Empfang zu Hause war alles andere als freundlich. Franziska machte ihm eine Szene, weil sie die Begegnung mit diesem angeblichen Kumpel aus der Armeezeit für eine Ausrede hielt. Franziska witterte eine andere Frau, und erst als sie am Sonnabend Röbel besuchten, schwand ihr Mißtrauen. Röbel, zu dem sie Paul sagte seit diesem Abend, gefiel ihr, weil sie unternehmungslustige Männer mochte.

Röbels hatten ein Haus gekauft in der Vorstadt. Mit einem Garten. Achtzehntausend, prahlte Röbel, hätten im Kaufvertrag gestanden, sechzig hätten sie gegeben, weil die Zahl der Bewerber hoch war. Sie überboten alle.

»Wie kommt man zu so viel Geld?« fragte Bennewitz, als sie im Garten hinter dem Haus standen.

»Leben und leben lassen«, grinste Röbel. »Komm zu uns, dann wirst du sehen.«

Hinter dem Obstbaum sah Bennewitz das Becken für den Swimmingpool. Die Ausschachtungen schienen abgeschlossen zu sein, das Material lag unter dem Birnbaum und an der Rosenhecke.

Das Werk, in dem Röbel arbeitete, sah so aus wie viele: vier Hallen mit großen Glasfenstern, drei Steinhäuser, ein Kesselhaus und noch ein Gebäude aus roten Backsteinen, drei Stockwerke hoch, für die Verwaltung. Im ersten Stock saß der technische Direktor, saß der Mann, der Pittwein hieß.

Die Sekretärin schien Bennewitz erwartet zu haben.

»Herr Bennewitz«, fragte sie, aber es war keine Frage, es war eher eine Anrede.

Bennewitz nickte.

»Einen Moment bitte, Herr Bennewitz.«

»Ja«, sagte Bennewitz und sah aus dem Fenster in den Hof.

»Der Direktor läßt bitten«, sagte die Sekretärin, eine kleine, schlanke Fünfzigerin.

Bennewitz betrat einen Raum, in dem eine Schrankwand stand aus hellem Holz und ein Schreibtisch, der mit einem schmalen Konferenztisch ein großes T bildete.

Pittwein kam ihm entgegen. Er war ein Hüne von Mann, massig, mit grauem Haar und Geheimratsecken, aber sein Händedruck war lasch.

»Bitte«, sagte er und wies auf den ersten Stuhl vor dem Schreibtisch. Sie wechselten ein paar Worte, wie sie immer gesagt werden, ehe man zur Sache kommt.

Pittwein lehnte sich zurück.

»Dann wollen wir mal, Kollege Bennewitz.«

Er schlug auf einen Hefter, der auf der rechten Seite seines Schreibtisches lag.

»Wir haben uns von der Kaderabteilung des Betriebs, in dem Sie arbeiten, Ihre Akte zur Einsicht kommen lassen. Eine gute Akte. Paul Röbel empfiehlt nie einen schlechten Mann.«

Bennewitz schwieg, die Worte waren ihm peinlich, und doch erfreuten sie ihn.

»Was unser Betrieb Ihnen bieten kann«, sagte Pittwein, »ist eine Planstelle als Gruppenleiter für Investvorbereitung und Konstruktion. Röbel hat Ihnen das wohl schon gesagt?«

Bennewitz nickte.

»Es ist eine interessante Arbeit«, sagte Pittwein, »für einen Mann mit Initiative.«

Er blickte auf ein Blatt, das Bennewitz als Funktionsplan erkannte.

»Technische Vorbereitung von Rationalisierungsmaßnahmen«, hörte Bennewitz, »zur Herbeiführung von Investitionsentscheidungen, Prüfung der Vorbereitungsunterlagen, Durchführung von Verteidigungen, Einholung von Gutachten, Einsatz des Sachgebietes Konstruktion entsprechend den Erfordernissen für die Vorbereitung und Durchführung von Investitionen.«

Pittwein strich sich über das Haar.

»Sie haben in unserer Branche gelernt, kennen ein paar Betriebe, was nicht schaden kann. Wir werden dann sehen. Elfhundert als Anfang. Einverstanden?«

»Ja«, sagte Bennewitz.

Pittwein lächelte.

»Sie sind Genosse?«

Bennewitz nickte.

»Schön«, sagte Pittwein, »unser Betrieb hat wichtige Aufgaben zu lösen, wir brauchen gute Leute. Wann können Sie anfangen?«

Bennewitz überlegte.

»In acht Wochen«, sagte er vorsichtig.

Pittwein erhob sich, seine Augen waren wasserblau, und die Haare wuchsen am Hals aus seinem Hemd heraus. Auch seine Handrücken waren behaart. Bennewitz hatte es bemerkt, als Pittweins Hände auf der Schreibtischplatte lagen.

»Melden Sie sich morgen bei der Kaderleitung«, sagte Pittwein. »Alles wird klargehen.«

Bennewitz mußte an Röbels Worte in der Mitropa denken, deren Sinn er nicht verstanden hatte: Du mußt Pittwein einbauen, in jede Sache, er braucht seinen Anteil. Warum nur dachte er in diesem Moment an Röbels Haus?

In seinen Achseln spürte Bennewitz Schweiß, und eine seltsame Unruhe erfüllte ihn.

Das neue Werk war nicht schlecht, aber auch nicht besser als die anderen, die er kannte. Das Zimmer teilte er mit Fischer, dem Investleiter, einem kleinen, untersetzten Mann, dessen Augen immer gehetzt umherirrten. Fischer wurde erst sechzig, wirkte aber älter und blinzelte ständig, weil seine Bindehäute entzündet waren, denn sie vertrugen nicht den Rauch der Zigaretten, auf die Fischer nie verzichten konnte.

Bennewitz war froh, wenn Fischer abwesend war und ihn nicht mit seiner Nervosität reizte. Es gab kaum etwas anderes, was Bennewitz so die Laune für einen ganzen Tag verderben konnte. Und da er keinen Kontakt zu Fischer fand, beschränkten sie sich bei den kargen Gesprächen auf Probleme, die den Betrieb betrafen.

Einmal stand Pfaff im Raum.

Sie hatten den Werkleiter nicht kommen hören, und Fischer schnellte hoch aus seinem Sessel, als habe ihn eine Tarantel gestochen. Bennewitz verspürte ein Zukken in den Mundwinkeln, weil der hinter dem Schreibtisch stehende Fischer die Hände an die Hosennaht nahm wie ein Soldat.

Bennewitz erhob sich gleichfalls, er nahm den abschätzenden Blick von Pfaff wahr, und er fühlte das Kribbeln im Magen wie damals, als Bauchstedt hinter ihm gestanden und auf seine Hände gesehen hatte.

Pfaff besaß blaue Augen, eine kräftige, aber kleine Gestalt und trug die Haare sehr kurz. Er wirkte wie ein Offizier.

»Werden Sie schnell warm bei uns«, sagte Pfaff, während Fischer noch immer in der gleichen Haltung verharrte und auf die Lippen von Pfaff blickte.

»Ja«, sagte Bennewitz in die blauen Augen hinein, die ihm glasklar und kalt schienen.

Pfaff lächelte nie, hieß es, sein Gesicht bleibe unverändert, auch der Zorn verändere es nicht, nur die Stimme werde schärfer. Von Pfaff hatte Bennewitz viel gehört, noch ehe er ihn zum ersten Mal sah. Röbel nannte ihn einen Tyrannen, der wie ein absolutistischer Monarch regiere, allerdings mit den Hilfsmitteln eines modernen Managers.

Das schlimmste, erzählte Röbel, seien die Beratungen in Pfaffs Zimmer, es seien Rapporte mit straffer Haltung und knappen Anweisungen. Ein paarmal habe er teilgenommen, wenn Pittwein wegen Krankheit fehlte, aber glücklicherweise sei Pittwein gesund, bis auf seltene Ausnahmen. Wenn es Pfaff einfiele, mit jemandem aus dem Werk zu sprechen, so dürfe sich der Auserwählte nach der telefonischen Ankündigung nicht mehr von seinem Platz rühren, auch dann nicht, wenn der Feierabend begonnen habe, er müsse warten, und wenn es fünf würde oder sechs. Röbel war wütend. Er erinnerte sich, daß ihm Pfaff einige Male den Kegelabend verdorben hatte, als hätte er die Termine gekannt, die Röbel keinesfalls missen wollte.

Für die Erfüllung des Planes sei Pfaff jedes Mittel recht.

Röbel redete sich in Feuer, als er auf die Sache mit dem Schrottplan zu sprechen kam. Als die Nichterfüllung drohte, unternahm Pfaff einen Rundgang durch das Werk mit Pittwein und ihm, suchte eine Maschine aus, die in einem anderen Werk noch hätte gebraucht werden können, und sie mußte dran glauben.

Pfaff sei beliebt bei der Leitung des Kombinates wie kein anderer, weil er, wie die Berichte über die Planerfüllung aussagten, einen Musterbetrieb geschaffen habe.

[illegible]

IV

Das Telefon surrt.

»Ja?« sagt Bennewitz.

»Ich, Karl.«

Es ist Pittwein.

»Komm doch mal zu mir, Karl.«

Bennewitz legt den Hörer auf und erhebt sich, geht über den Hof und die Treppe hinauf in den ersten Stock.

»Setz dich«, sagt Pittwein. Er wirkt ruhig, jovial.

»Das mit dem Aussteigen, Karl, das bereden wir wohl noch?«

Bennewitz schweigt.

»Ich möchte dir raten, Karl, überschlafe erst mal alles. Ich glaube nicht, daß du so kurzsichtig bist. Jeder hat mal ein Tief. Jeder hat auch mal Angst. Aber wir brauchen keine Angst zu haben, solange wir zusammenhalten.«

»Röbel hat mir gedroht«, sagt Bennewitz leise, »mir ein Ultimatum gestellt. Ein Unfall . . .«

»Ach, der Röbel, Karl. Der sagt leicht etwas, das er hinterher bereut. Vergiß die Worte. Er war erregt. Ich wär es wohl auch, wenn du wirklich aussteigen wolltest.«

»Ich will . . .«, stammelt Bennewitz.

Pittwein hebt beide Hände.

»Mein Lieber, du brauchst jetzt nichts zu sagen. In drei

Tagen sieht die Welt anders aus. Ganz anders. Da bist du wieder auf unserer Seite. Was du brauchst, ist Ruhe. Ruhe, Ruhe, Ruhe. Mach einfach drei Tage Urlaub. Fahr mit Franziska weg. Gleich morgen. Irgendwohin, wo du abschalten kannst. Füll deinen Urlaubsschein aus. Er ist schon genehmigt.«

Das Telefon klingelt.

»Immer das verfluchte Telefon«, sagt er dann, »wenn man es nicht braucht.«

Er hebt den Hörer ab.

»Pittwein . . . Ach, Kollege Meusel. Wie ging die Sache aus?«

Pittwein und Röbel, denkt Bennewitz. Schläue und Härte . . .

Sie saßen in Pittweins Zimmer, sie waren zu dritt. Pittwein blätterte in einem blauen Hefter, ohne einmal hochzusehen.

Röbel befeuchtete seine Lippen mit der Zungenspitze, wie er es gewöhnlich tat, wenn er zu einer langen Rede ansetzte, und sprach von den wachsenden Produktionsaufgaben, von der Streichung geplanter Investitionen und von der notwendigen Modernisierung der vorhandenen Maschinen und Anlagen. Der Plan Wissenschaft und Technik sei voll bis zum Rand. Ohne Investitionen sehe es ganz schön alt aus, das Werk, sie alle würden, wie man so schön sagt, in die Röhre blicken, wenn ihnen nicht etwas einfiele.

Warum holt Röbel so weit aus? dachte Bennewitz. Was will er nur? Aber er bemerkte Röbels Blick, der nochmals zu Pittwein glitt. Pittwein hob kurz die Augen, schien zu nicken und las dann weiter.

Jetzt, dachte Bennewitz, jetzt kommt er zum Kern, alles Bisherige war Vorrede.

»Wir machen einen kleinen Trick«, sagte Röbel.

Er lächelte Bennewitz an, es war sein Kumpellächeln, Bennewitz kannte es aus der Armeezeit.

»Wir schaffen uns einfach ein paar schöne Investitionen durch das Neuererwesen! Einen Vorschlag, wenn er gut ist, darf man nicht zurückweisen! Nimmt man ihn aber an, muß man ihn auch realisieren. Löst man ihn nicht in der Arbeitszeit, gibt es eine Neuerervereinbarung und somit bezahlte Arbeit in der Freizeit. Ist das klar?«

Bennewitz begriff noch immer nicht, worauf Röbel hinauswollte, aber er tat so, als habe er alles verstanden, er nickte und setzte ein zustimmendes Lächeln auf.

Röbels Zunge fuhr wieder über die Lippen.

»Nehmen wir ein Beispiel«, sagte er, »nehmen wir die neue Ringwasserleitung. Das Kombinat hätte sie nicht in diesem, nicht im nächsten, nicht im übernächsten Jahr genehmigt. Also, was tun?«

Bennewitz lächelte unsicher.

»Ich mache«, sagte Röbel, »einen Neuerervorschlag, und einer meiner Männer unterschreibt ihn, reicht ihn ein. Allen ist gedient: dem Kumpel, der unverhofft zu Geld kommt, und Pfaff, den die Vorgaben für das Neuererwesen quälen, weil ihm die Jahresendprämie gekürzt wird, wenn er diese Kennziffer nicht erfüllt.«

Bennewitz nickte, doch er ahnte, daß sie ihm nicht alles sagten, er sah ihre Blicke, und es war ihm, als schüttele Pittwein den Kopf, kaum merklich, den Bruchteil einer Sekunde lang, ehe Röbel weitersprach.

»Wie ist denn die Leistungserhöhung der Maschinen in der Halle D zustande gekommen? Der Umbau auf pneumatischen Antrieb? Wie war das mit der Modernisierung der Maschinen für die Halle E? Rekonstruktion mit eigenen Mitteln! Und außerhalb der normalen Arbeitszeit!«

Bennewitz begriff noch immer nicht, wieso es sich so

sehr lohnen würde für alle, besonders für den einzelnen. Und was sollte das heißen, daß er, Bennewitz, voll einsteigen, alle Segel setzen könnte, wenn er erst einmal anfinge bei der Ringwasserleitung? Alles weitere würde sich ergeben?

Das klang vielversprechend, blieb aber geheimnisvoll.

Bennewitz entschloß sich trotzdem, keine weiteren Fragen zu stellen. Er nickte wieder, murmelte ein »Ja«, erhob sich, sah Pittwein, der kurz hochschaute, lächeln, als habe er diese Antwort erwartet.

Bennewitz arbeitete nicht viel an diesem Projekt in den Monaten, die dem Gespräch folgten, half nur beim Vermessen, nahm teil an Ortsbegehungen, fertigte ein paar Zeichnungen an, aber es lag wohl auch daran, daß er den Garten der Schwiegermutter betreute und auch der Großvater Hilfe brauchte mit seinen wackligen Beinen und der Wohnung im vierten Stock.

Aber er erinnerte sich genau an diesen Donnerstag, der dem Montag folgte, an dem Pfaff die Ringwasserleitung einweihte mit stolzem Gesicht, denn der »General« war aus der Hauptstadt gekommen.

Die Kollegin von der Kasse rief an, Bennewitz möge sein Geld holen, legte ihm eine Quittungsliste vor, die Namen enthielt und Summen, und als er auf die Zahl blickte, die hinter seinem Namen stand, begriff er nicht, er dachte an einen Irrtum, ein Versehen, aber die Kollegin drängte, er solle unterschreiben, sie habe wenig Zeit, die Buchhaltung müsse noch abrechnen.

Bennewitz schaute auf die Liste, las ein paar Namen, die er kannte, ein paar andere, die ihm fremd waren, die er nie gehört hatte im Werk, die Summen waren bei allen hoch.

Zögernd griff er nach den Scheinen – es waren Hundertmarkscheine, sie waren neu, knisterten in seinen Händen, und er schob sie als Bündel in seine Brieftasche.

»So viel für mich?« fragte er Röbel im Speisesaal, als sie nebeneinander saßen.

Es sei für die Zeichnungen und das Vermessen, und er habe ihm noch ein paar Stunden gutgeschrieben für das Schachten, antwortete Röbel. Er zwinkerte Bennewitz mit dem rechten Auge zu.

Zu Hause legte Bennewitz die Scheine auf den runden Wohnzimmertisch, legte sie so, daß sie die Vase einrahmten, die immer von Franziska in die Mitte gestellt wurde, und erzählte ihr, wo und wie er sie erworben hatte. Ihre Augen glänzten.

Fischer war wieder gesund geschrieben, doch rauchte er mehr Zigaretten als vor seiner Krankheit und wirkte so gehetzt, daß niemand vermuten konnte, er hätte Wochen der Ruhe hinter sich. Und doch hatte man ihn nach der Operation sogar zur Kur geschickt.

Um neun Uhr mußte Fischer zu Pfaff. Bennewitz fühlte Erleichterung, als Fischer den Raum verließ und er beide Fenster öffnen konnte.

Er sah auf Fischers Schreibtisch Bögen voller Zahlen. Als ein Windstoß sie auf den Boden blies, blickte er zufällig auf einen, erst flüchtig, dann genauer.

Es war die Abrechnung einer Gruppe, die eine Neuerervereinbarung zur Modernisierung einer Maschine realisierte unter Fischers Leitung, es waren die Aufstellungen der benötigten Stunden und der veranschlagten Kosten.

Bennewitz erstarrte, als er die Stunden für die Erarbeitung der konstruktiven Unterlagen sah. Die Zahl war so hoch, daß Fischer tausend Mark verdienen mußte und mehr, die nicht real waren.

Bennewitz las den Namen eines Konstrukteurs, den es nicht gab im Werk, er sah Zeitangaben, die für die Entlohnung der gesamten konstruktiven Arbeit ausgereicht hätten. Als Begründung waren Variantenuntersuchungen, Patentrecherchen und Grundsatzberechnungen genannt.

Er las die zweite Abrechnung, den Stundennachweis einer Brigade, die den Umbau durchgeführt hatte. Er verglich ihn mit den geplanten Werten des Kostenanschlages, den Pittwein – Bennewitz erkannte sein Signum – sachlich richtig gesprochen hatte, zusammen mit Röbel. Die Summen, die geplanten und die geleisteten, stimmten beinahe überein . . .

Er las Namen auf dem zweiten Nachweis, die er nicht kannte. Die Männer konnten ihre Stunden nie wirklich geleistet haben in einem Zeitraum, den Bennewitz genau zu übersehen vermochte, aber sie hatten unterschrieben, auch die Unbekannten hatten es getan. Schlosserarbeiten, Montage und Bauleitung – es war unfaßbar.

Bennewitz spürte ein Hämmern in den Schläfen, und er dachte an die Worte von Röbel in der Mitropa, er ahnte die Dimension dieses Betruges, auf den er zufällig gestoßen war.

Die Gedanken wirbelten in seinem Kopf, und je mehr er nachdachte, desto unsicherer wurde er.

Röbel, dachte er, ich muß zu Röbel, er war der Schlüssel zum Verständnis dieses Vorganges.

Bennewitz lief über den Hof.

Röbel ließ Minuten verstreichen, ehe er begann, und er schritt im Zimmer auf und ab, als könne er das nun Folgende nicht im Sitzen sagen.

»Wir haben dich erwartet«, sagte er.

Wir? dachte Bennewitz.

Es klang sachlich, was Röbel sagte, geschäftsmäßig, als befänden sie sich in einer beliebigen Arbeitsberatung.

»Ich habe dir neulich schon erklärt, mein Lieber, daß wir dem Betrieb verschaffen, was er zur Planerfüllung braucht. Sicher bewegen wir uns zuweilen ein ganz klein wenig außerhalb der Legalität. Der Zweck aber ist gut, er heiligt die Mittel.«

Bennewitz ahnte, hier wurde ihm das Geheimnis enthüllt, das damals, bei ihrem ersten Treffen im Zug und in der Mitropa, nur angedeutet worden war, in Worten, die dunkel blieben.

»Nie zu einem anderen ein Wort!« begann Röbel.

Bennewitz nickte.

Sein »Ja« klang rauh.

Röbel schritt zur Mitte des Raumes, wo sein Schreibtisch stand, an dessen rechter Seite Bennewitz saß, und blickte auf ihn herab.

»Wir wählen nur solche Neuerervorschläge aus, die für unser Werk wirklich dringend sind und für deren Realisierung keine Stunde frei ist. Also bleibt nur die Freizeit. Wir schließen Neuerervereinbarungen ab, alles geht seinen Gang. Du selbst kannst Leiter eines solchen Kollektivs sein oder Fischer oder Meister Bauer. Alles also ist klar bis zu diesem Punkt. Aber wie gewinnst du Leute, daß sie ihre Freizeit opfern?«

Bennewitz hob die Schultern.

»Du erhöhst«, sagte Röbel, »die geleisteten Stunden bei jedem so, daß sein Stundensatz das Doppelte des Offiziellen beträgt. Im Kostenanschlag planst du diese Möglichkeit schon ein. Bei der Abrechnung bleibst du nur ein wenig darunter oder darüber. Sonst schöpft der Hauptbuchhalter Verdacht.«

»Das ist Betrug!« sagte Bennewitz.

Röbel schlug plötzlich mit der Faust auf den Tisch.

»Mich packt die Wut, Karl, wenn ich an Leute denke, die für diesen Staat nichts übrig haben, aber in ihm gedeihen, als wäre es ihr Staat. Jahrelang habe ich mich geschunden, bin an den Wochenenden zur Kampfgruppe gegangen, nahm an Subbotniks teil, leistete ehrenamtliche Arbeit, arbeitete zu Hause nach, was ich am Schreibtisch nicht geschafft hatte. Jetzt habe ich die Schnauze voll, ich will dabeisein, wenn das große Geld verdient wird.«

»So ist das«, warf Bennewitz ein. Er mußte erst verdauen, was ihm da zum Kauen hingeworfen wurde.

»Wir dienen uns selbst und dem Betrieb«, betonte Röbel noch einmal.

Er betonte das Wort »und« auf eine besondere Weise, stieß dann die Luft durch die Zähne, daß sie entwich wie aus einem Ventil. Er ging wieder auf und ab, vom Schreibtisch zum Fenster, vom Fenster zum Schreibtisch, holte nochmals tief Luft.

Bennewitz wirbelte der Kopf, als er hörte, wie das Geld auch für ihn kommen würde. »Entweder werden Betriebsfremde auf die Quittungslisten gesetzt, verläßliche Freunde mit fiktiven Stunden, die der Meister abrechnen soll, der die Arbeiten leitet. Natürlich muß es ein Meister sein, der dieses zusätzliche Plus zurückgibt, denn das für seine überhöhten Stunden behält er sowieso. Oder die Kollektivmitglieder quittieren mehr, als sie in Empfang nehmen, und der Meister gibt diesen Betrag zurück.«

Röbel machte eine Pause, um die Wirkung seiner Worte zu beobachten.

»Und dann«, fuhr er fort, »bleiben uns persönlich noch Stunden für die Konstruktion und Bauleitung, da können wir gewaltig zulegen. Pittwein bestätigt mit seiner Unterschrift. Keiner im Neuereraktiv würde an Pittwein zweifeln. Wenn er die Abrechnung bestätigt, dann unterschreiben auch die Mitglieder des Neuereraktivs, dann unterschreibe ich für die Gewerkschaft, dann unterschreiben auch Pfaff und der Hauptbuchhalter. Und Pittwein überreicht man einen Umschlag mit seinem Anteil.«

Röbel schwieg einen Augenblick.

»Deine erste Vereinbarung ist schon geplant«, sagte er

und schlug Bennewitz auf die Schulter, wie er es bei der Armee getan hatte, und der Daumen seiner rechten Hand schnellte in die Höhe.

»Wie viele wissen davon?« fragte Franziska.

»Röbel, Pittwein, ein Meister Bauer und ein paar Arbeiter«, antwortete Bennewitz, »die ich noch nicht kenne.«

Franziska überlegte.

»Ein paar zuviel«, wandte Bennewitz ein.

»Über Jahre hinweg machen sie es so«, sagte Franziska nachdenklich. »Dann sind sie eine verschworene Gemeinschaft, eine Kette, die nicht reißt, weil jedes Glied den Riß fürchtet. Jeder weiß vom anderen zuviel.«

»Aber das Risiko«, sagte Bennewitz.

»Ich glaube nicht, daß es groß ist«, sagte Franziska, »wenn sich ein Röbel beteiligt und sogar ein Pittwein, ein Direktor, den es am schwersten treffen würde!«

»Und du siehst keine Gefahr?« fragte Bennewitz.

»Nein«, sagte Franziska, »und außerdem hast du schon mitgemacht.«

»Ich?«

»Denk an das Geld für diese Ringwasserleitung. Du sagtest selbst, daß du nur einen Bruchteil wirklich verdient hättest.«

»Das war einmalig, Franziska.«

»Dann hättest du das Geld nicht nehmen dürfen.«

Bennewitz antwortete nicht.

»Röbels Vorschlag ist unsere große Chance, Karl.«

Franziskas Lippen waren nahe.

Bennewitz spürte einen leichten Schmerz in der Magengrube, der immer begann, wenn er sich unbehaglich fühlte oder wenn er Angst hatte.

Aber er nickte und küßte Franziska.

V

Das Telefon.

Bennewitz hebt den Hörer nicht ab, aber das Surren bleibt, als ob der Anrufer wüßte, daß Bennewitz in seinem Zimmer sitzt und nur das Telefon ignoriert.

»Ja«, knurrt Bennewitz gereizt, als er den Hörer endlich in der Hand hält.

Es ist seine Mutter.

»Bleibt es bei heute, Karl?«

»Nein, es geht nicht, ich . . .«

»Was ist denn? Du wolltest doch kommen?«

»Es geht aber nicht.«

»Warum bist du so gereizt? Ärger im Betrieb?«

»Nein.«

»Mit Franziska?«

»Ich hab jetzt keine Zeit, Mutti. Ich hab viel Arbeit, den Schreibtisch voll. Ich . . .«

»Ich wollte ja nur wegen deines Besuchs fragen. Du brauchst nicht gleich so unfreundlich zu sein. Gut, daß ich anrufe. Du hättest mir vielleicht nicht abgesagt, und ich hätte umsonst gewartet!«

Bennewitz stöhnt.

»Du machst es dir leicht, Karl. Mit seiner Mutter kann man ja umgehen wie . . .«

»Was du dir immer gleich einredest, Mutti.«

»Ich rede mir gar nichts ein. Ich stelle nur fest. Du

brauchst nicht zu stöhnen. Gib mir Bescheid, wenn du mal Zeit hast für deine Mutter.«

Sie wartet seine Entgegnung nicht ab. Sie legt einfach auf.

Sie ähneln sich, Mutter und Franziska. Sie glauben zu wissen, was gut ist für ihn, den Sohn, den Mann. Sie bestärken ihn, wenn sie meinen, daß seine Vorstellungen richtig sind. Sie drängen ihm, alle Mittel einsetzend, die einer Frau zur Verfügung stehen, ihre Überzeugungen auf, wenn er in anderer Richtung denkt. Er ist vom Regen in die Traufe gekommen, als er das Elternhaus verließ. Er hat sich der Mutter entzogen und ist unter die Fuchtel Franziskas geraten.

Er muß sich wehren, verdammt noch mal. Er muß zurückschlagen!

Ein Nichts ist er schon lange nicht mehr! Er spürt eine kalte Wut, die die Angst verdrängt.

Er sitzt und grübelt, stützt den Kopf in die Handflächen. Wenn ihn jemand beobachten würde, sähe es so aus, als blicke er auf eine Berechnung.

Wenn Franziska bei einem Unfall stürbe?

Bei einem Unfall?

Ja, es war die Lösung!

Aber ein Unfall kam nicht auf Abruf. Ein Unfall war ein Zufall. Doch wenn man dem Zufall half?

Wenn . . .

Hatte er nicht schon einmal an diese Möglichkeit gedacht?

Er sieht diesen Weg vor sich in der Sächsischen Schweiz, der am Abgrund entlang führt. Er ist ohne Geländer und sehr schmal. Dort . . .

Ein Mord?

Es ist kein Mord! Es ist Notwehr! Es ist die Strafe für die Erpressung!

Er legt den Telefonhörer auf die Schreibtischplatte,

grübelt so ungestört. Er wägt ab, verwirft. Es muß ihn geben, den perfekten Mord! Es hat ihn gegeben, und es gibt ihn wieder und wieder.

Dieser Weg ... Dieser schmale Weg dicht am Abgrund entlang ...

Er würde es tun können. Er müßte Franziska kaum berühren bei der Tat, ein kleiner Stoß genügte, wenn er dicht hinter ihr stand auf diesem schmalen Pfad und sie sich nach vorn über den Abgrund beugte, weil er ihre Aufmerksamkeit auf irgend etwas da unten im Tal lenkte.

Und wenn er schon morgen fuhr? Die Jahreszeit ist günstig, jetzt sind nur wenige Wanderer unterwegs.

Und Pittwein hat ihm Urlaub angeboten. Er würde ein Urlaubsgesuch befürworten.

Bennewitz geht im Zimmer auf und ab. Er hört die Sirene. Es ist Mittag. Aber er wird nicht in den Speisesaal gehen, weil er keinen Hunger verspürt, nur im Magen einen leichten Schmerz. Und er will Karin nicht begegnen. Nicht jetzt.

Wenn er es tun will, muß er Franziska täuschen. Er wählt ihre Nummer und nennt, als sich die Zentrale meldet, ihren Hausapparat.

»Hallo«, sagt er.

»Ach, du bist's«, antwortet Franziska.

»Es tut mir leid wegen heute früh, Franziska.«

»So?« sagt Franziska nur.

»Ich war gereizt«, fährt er fort. »Das ist einfach alles zuviel für mich.«

»Ich weiß, Karl«, antwortet sie, »ich habe es dir ja gleich gesagt.«

»Ich mußte dich einfach sprechen.«

»Es ist gut, daß du anrufst«, sagt sie, und ihre Stimme wird freundlich.

Ich habe sie getäuscht, denkt Bennewitz. Es ist mir gelungen.

»Weißt du, Franziska«, sagt er, »wir schalten einfach beide ab, und nicht erst am Wochenende. Ich habe schon vorgefühlt wegen ein paar Urlaubstagen. Laß uns morgen fahren.«

»Morgen schon?«

»Ja. Es wird gut sein für uns beide.«

»Und du hast dich entschieden, Karl? Endgültig? Für mich?«

»Ja«, sagt Bennewitz und staunt, daß er die Lüge so hemmungslos über die Lippen bringt.

»Dann laß uns morgen fahren!« ruft sie fröhlich. »Und wohin?«

»Ich denke«, antwortet er, »wir fahren in die Sächsische Schweiz, vielleicht wandern wir diesen Weg, weißt du, den wir damals gegangen sind, einen Monat nach unserer Hochzeit, wo man so schön ins Tal sehen konnte. Ich glaube, du hast diesen Weg sehr geliebt.«

Franziska schweigt überrascht.

»Willst du woandershin? Dann sag es!«

»Nein, nein«, antwortet Franziska schnell. »Ich glaube, es ist wirklich eine gute Idee, diesen Weg noch einmal zu gehen.«

Ihre Stimme klingt erleichtert.

»Ich hole dich vom Werk ab, Karl.«

»Tu das«, sagt Bennewitz. »Wir können noch in die Stadt gehen, wenn du willst.«

Er legt den Hörer auf.

Das wäre geschafft, bestätigt er sich. Der erste Schritt ist getan, um dem Zufall nachzuhelfen. Mein Gott, denkt er, und doch habe ich diese Frau einmal geliebt . . .

»Ich bin die Franziska.«

Beinahe gingen die Worte unter im Faschingslärm.

»Ich bin der Karl«, sagte Bennewitz überrascht, als sie sich neben ihn auf den freien Barhocker setzte. Er wurde immer unsicher bei Frauen, die nicht nur schön waren, sondern ihre Schönheit auch in Szene zu setzen wußten, und diese Frau war auf ungewöhnliche Weise schön. Schwarzes Haar rollte in einer großen Welle auf ihre Schultern und rahmte ein Gesicht ein, das ein wenig slawisch wirkte mit den hervortretenden Backenknochen und den mandelförmigen Augen.

Lange genug hatte er sie beobachtet, ihre wechselnden Tänzer, einen Dragoner, einen Piraten, einen Beduinen. Keinem reservierte sie einen Tanz, sie ließ sich abklatschen, entschwand lachend, wirbelte herum. Die schönste Maske, die begehrteste: Franziska – eine Katze, eine schwarze, geschmeidige.

»Dieser Fasching der Architekten ist der beste, den ich kenne«, sagte Franziska.

Bennewitz nickte. Unsicherheit ließ ihn verstummen.

»Sie tanzen nicht?«

»Doch, doch«, sagte Bennewitz sehr leise und mit schwerer Zunge.

»Aber Sie sitzen nur!«

Bennewitz trank das Glas aus, und er war froh, daß er die Barfrau heranwinken konnte.

Er trug Jeans, einen Matrosenpulli und eine schwarze, speckige Mütze. Er mochte keine Kostüme, und eigentlich mochte er auch keinen Fasching. Aber er war gegangen, weil Janina, die Frau, mit der er zusammen lebte, für ein paar Tage zu ihrer Mutter gefahren war, um sie zu pflegen.

»Lachen Sie doch mal«, sagte Franziska, »blicken Sie nicht wie ein Verurteilter!«

Sie schien zu schmollen und fuhr spielerisch mit den Fingerkuppen über die rechte Hand von Bennewitz. Was Bennewitz nicht wußte: sie hatte gewettet mit ihrer Freundin, daß sie ihn auftauen würde, diesen Mann an der Bar.

Nun lächelte Bennewitz doch, und sie tranken ein Glas Sekt zusammen, tranken ein zweites, ein drittes, einen Kognak, noch einmal Sekt. Und dann waren sie auf der Tanzfläche, er schwenkte sie herum, tanzte offen, nahm keine Rücksicht auf Schultern, auf Beine, auf Knie, schaffte Platz für die schwarze Katze und für sich.

»Du blickst, als wärst du in einer Schlacht«, sagte Franziska, und außer Atem schlug sie die Arme um seinen Hals. Bennewitz spürte die neidvollen Blicke der Männer, sah die Augen unter den Sombreros, unter den Mützen, Melonen und Kappen.

»Aber du kannst doch tanzen«, hauchte Franziska in sein Ohr. »Und wie.«

Ein wirres Rauschen, diese Musik und das Lachen, Franziskas Atem, ihre Lippen, alles machte Bennewitz trunken, er hielt sich fest an dieser Frau, preßte sie an sich, küßte sie endlich, und in seinen Lippen bebte die Lust.

Er war der Sieger! Er versagte nicht!

»Der Kuß des Jahres«, sagte Franziska, als sie sich lösten, und der Spott war verschwunden aus ihrer Stimme. Sie fuhr sich mit der Zungenspitze über ihre Lippen.

»Oje«, sagte sie, »oje!«

Später gingen sie durch den Park.

Franziska wohnte weit, beinahe am Stadtrand, und es hielt keine Taxe, obwohl sie winkten, aber endlich stoppte ein Auto. »Nenn deine Straße«, sagte Bennewitz.

»Das ist keine Taxe«, sagte Franziska.

»Na und«, sagte Bennewitz.

Vor ihnen im Auto saß ein Pärchen, und die Frau saß wie aus Holz geschnitzt.

Franziska nannte ihre Straße, und der Mann am Steuer nickte nur, die hölzerne Frau blickte geradeaus.

Sie hielten am Stadtrand, und Bennewitz bezahlte,

ohne nach dem Preis zu fragen, und der Mann nahm wortlos den Schein.

Bennewitz hielt Franziska im Arm, und er sah das große französische Bett und hatte Angst vor dem eigenen Mut.

Franziska löschte das Licht, aber der Mond hüllte das Zimmer in ein Dämmerlicht.

Franziska schlüpfte aus ihrem Kostüm, huschte ins Bad.

»Ich bin gleich wieder da«, kicherte sie ihm ins Ohr, und er hörte, wie sie die Dusche aufdrehte.

Herrgott, dachte Bennewitz, worauf lasse ich mich ein?

Zwei Hände glitten über seinen Rücken.

»Du kannst, Karl!«

Bennewitz wusch sich, unendlich lange ließ er das kalte Wasser strömen, immer wieder hielt er sein Gesicht an den Strahl.

»Wo bleibst du denn?« rief Franziska und stand plötzlich neben ihm. Sie berührten sich mit den Händen und waren entflammt.

Sie nahmen sich wie Verdurstende, hastig, ohne Genuß.

Dann lagen sie nebeneinander, sie schauten sich an. Franziskas Körper war sehr weiß. Bennewitz dagegen wirkte immer gebräunt, auch im Winter.

»Ich bin geschieden«, sagte Franziska.

Bennewitz dachte an Janina, mit der er sich verheiratet fühlte, auch wenn sie nie zum Standesamt gegangen waren.

Er schwieg.

Sie küßten sich, vorsichtig, zärtlich, sie streichelten sich behutsam, liebevoll. Sie entdeckten die Empfindlichkeit ihrer Körper.

»So einen Kuß wie vorhin«, flüsterte Franziska, »weißt du, nach dem ersten Tanz . . .«

Franziskas Hände lagen auf seinen Knien, glitten aufwärts, und Bennewitz spürte schon wieder die Glutwelle in seinen Adern, streifte mit den Fingern über Franziskas Brüste und kam, von Franziska sanft gelenkt, zu ihr.

Franziskas Finger waren überall, ihre Nägel waren ein Feuer aus Schmerz, aus Lust, und nun erst nahmen sie wirklich voneinander Besitz.

Bennewitz spürte die Kraft von hundert Männern zwischen seinen Lenden, eine nicht erlöschende, eine berauschende, eine vulkanische Kraft.

»Komm, komm, komm, komm«, hauchte Franziska in sein Ohr und schrie dann auf, wand sich unter Bennewitz, ließ ihn ihre Nägel spüren und ihre Zähne.

Später sagte sie ihm, daß sie es noch nie so erlebt habe, bei keinem Mann.

Jeden Tag war er zusammen mit Franziska, weil Janina noch bei ihrer Mutter weilte.

Franziska drängte ihn, eine Entscheidung zu fällen zwischen ihr und Janina.

Wenn du Angst hast vor Tränen, dann geh ohne Abschied, sagte sie. Immer wieder. Und alles überstürzte sich in den Wochen, die der Nacht des Faschings folgten.

Bennewitz zog zu Franziska, tat das, was sie ihm geraten hatte, floh vor Janinas Tränen.

Er ließ Janina alles, was sie gekauft hatten in dem Jahr gemeinsamen Wohnens, obwohl Franziska forderte, er solle wenigstens die Schrankwand nehmen und den Teppich.

Es gab böse, bittere Worte zwischen Bennewitz und Franziska, er warf ihr Raffsucht vor und sie ihm Weltfremdheit, und es stimmte tagelang (auch nächtelang) nicht mit ihnen.

Doch dann siegte die Katze . . .

Bennewitz wollte sie ganz verdrängen, die Gedanken an Janina, aber das gelang ihm nicht, sie kamen wieder, von Zeit zu Zeit.

Franziska kochte gut, sie kannte die Gerichte von ihrer Mutter, sie besaß noch ein altes Wiener Kochbuch, in das sie hineinsah vor einem Wochenende.

Man speiste gut bei Franziska, man liebte gut mit Franziska, man lebte gut mit Franziska. Wer sie besaß, genoß die bewundernden Blicke der Männer, die abfälligen der Frauen.

Es dauerte nur wenige Wochen, bis er begriffen hatte, daß Franziska ganz anders war als Janina.

Franziskas Traum war Geld, viel Geld, am liebsten ein Gewinn im Lotto, aber der kam nicht, der flog an Franziska vorbei, schon das achte Jahr. Franziskas Traum waren die teuren Fetzen, die manche andere Frauen trugen, deren Körper keineswegs so makellos waren wie der ihre.

»Man muß den Blick haben für den Fluß des Geldes«, sagte Franziska einmal zu ihrer Freundin Ramona in der Küche, als sie wußte, daß Bennewitz auf dem Balkon stand und ihre Worte hören konnte.

Bennewitz wunderte sich über ihren Ausspruch. Man muß den Fluß nur lenken, in die eigene Richtung, hörte er weiter, die Schlauen täten das.

Bennewitz erstarrte. Franziskas Worte konnten Pfeile sein mit Widerhaken.

Dann kam dieser Tag im August.

Der Trabant holperte aus der Stadt hinaus. Bennewitz fuhr langsam auf dieser Landstraße, die voller Löcher war. Franziska blickte triumphierend nach rechts und links: Häuser, zwei Jahre alt und drei flach gebaut oder mehrstöckig, weiß verputzt, mit Garagen, mit Gärten, mit Swimmingpools.

»Manche vermieten ihre Datschen«, sagte sie. »Für eine Nacht an der See nehmen sie achtzig Mark.«

»Was geht's dich an?« knurrte Bennewitz.

»Die Schlauen schöpfen eben ab, Karl. Heute werden Fleischer Millionäre.«

Bennewitz schwieg, er fühlte sich wie ein Fisch mit der Harpune im Leib, er saß mit Franziska in seinem grauen Trabant, er fuhr zu einem Mann, der Vogel hieß, er wollte ihm sein Auto abkaufen, einen gebrauchten Wartburg-Tourist.

Franziska hatte die Adresse beschafft.

Dieser Vogel, meinte sie, habe sich selbständig gemacht, er pflege Gardinen für Betriebe und gut zahlende Privatkunden, nehme sie ab, wasche sie, hänge sie auf. Er und seine Frau, sie seien beide erst sechsundzwanzig, und sie hätten das Haus gebaut, als er noch Arbeiter in einem Werk war.

»Hier ist Nummer siebenundsechzig«, rief Franziska, »halt an!«

Bennewitz stoppte den Wagen vor dem schmiedeeisernen Tor.

Das Haus hatte Butzenscheiben auf der rechten Seite und einen Steingarten, in dem sich eine Palme reckte.

Aus der Haustür trat ein Mann, der eine rote Turnhose trug, die er mehrmals hochzog, weil sie rutschte.

»Hallo«, sagte der Mann, und seine Augen tasteten ungeniert Franziskas Bluse ab. Er strich wohlgefällig über die schwarzen Haare, die seinen Oberkörper bedeckten wie ein Wollteppich.

»Einen Schluck?«

Franziska schüttelte den Kopf, sie wollte das Auto sehen.

»Na gut«, brummte der Mann.

Die Garage lag unter dem Haus, sie war geräumig, und

zwei Wagen standen in ihr, vorn der Wartburg-Tourist, dahinter ein Peugeot.

»Ein Jahr gefahren«, sagte der Mann und klopfte auf die Kofferhaube des Wartburgs wie auf die Kruppe eines Pferdes.

»Wieviel?« fragte Franziska.

Der Mann tat so, als betrachte er die nackten Mädchen, die die Wand der Garage zierten. Franziska mochte solche Fotos nicht.

»Fünfunddreißig«, sagte der Mann.

»Fünfunddreißig?« fragte Bennewitz, denn er glaubte, sich verhört zu haben.

»Das sind elftausend mehr als ein neuer! Und dieser Wagen ist nicht mehr neu.«

Der Mann lächelte die Nackten an, als überhörte er die Frage, und Bennewitz sah, daß er dann zu Franziska blickte.

Sie ging kurz, sehr kurz, ihre Beine hatten schon manchen Mann irritiert.

»Fünfunddreißig«, sagte der Mann ungerührt, auch als er in Franziskas enttäuschte Augen blickte: »Es gibt viele Interessenten. Die laufen mir das Haus ein.«

Er brachte sie nicht mehr bis zum Tor.

Franziska saß im Auto und sah Bennewitz an.

»Wenn wir ihn verkaufen, unseren Trabant, dazu den blauen Bauernschrank, die Truhe und die Humpen. Wir annoncieren in der Zeitung und treiben die Interessenten hoch mit dem Preis. So machen es alle. Und dein Geld und meines – der Rest wird geborgt.«

»Erbstücke«, sagte Bennewitz, »und geborgt wird nichts. Nie!«

Er preßte das Lenkrad mit beiden Händen.

»Willst du nackt sitzen in einem Auto?« fragte er endlich.

Franziska schüttelte den Kopf.

»Viele sitzen nicht nackt im Auto und haben noch eine Datsche, und antike Möbel haben sie auch.«

Sie sprachen kein Wort mehr, als sie zurückfuhren, und später im Bett wehrte Franziska Bennewitz zum ersten Mal ab.

Franziska arbeitete in dem Institut, das am Park lag, in einem Flachbau, nicht weit von ihrer Wohnung, sie arbeitete als Sekretärin, und ab und zu schrieb sie eine Diplomarbeit oder eine Dissertation ab, für die sie Geld bekam, zwei Mark die Seite.

Eigentlich, meinte Franziska, wäre es ungerecht, daß die Kleinen, also die Sachbearbeiter und Sekretärinnen und somit auch sie selbst, hart arbeiten müßten, die aber mit dem hohen Einkommen, die Ingenieure, und sie betonte das Wort auf eine abfällige Weise, würden es leicht verdienen, denn für nur fünf Stunden Arbeit am Tag bekämen sie das volle Gehalt, und dann machten sie andere Dinge, für die sie sich bezahlen ließen – und wie ... Jeder habe eine zweite Arbeit, die ihm das Geld bringe, jeder ...

Bennewitz zuckte zusammen wie unter einem Hieb. Er war sich längst bewußt, daß sie es ernst meinte und daß sie sich lustig machte über ihn, der nicht einstimmen wollte in ihre Melodie.

Dieses stinkende Geld, dachte Bennewitz, auch wenn das Sprichwort das Gegenteil sagt. Das Geld regierte überall mit Geld konnte man alles haben. Ohne Geld und Beziehungen war man eine lächerliche Figur.

Bennewitz war, bestärkt durch Franziskas Zureden, Kandidat der Partei geworden, weil er den Sozialismus für richtig hielt, aber auch wegen seiner Position. Er wollte ja nicht immer Gruppenleiter bleiben, sondern weiter aufsteigen.

Janina hätte ihn nicht begriffen. Nur der, das war ihre Überzeugung, sollte ein Parteibuch besitzen, der es ehrlich trug. Bei den Russen wäre es so, und bei uns müßte es auch so sein.

Bennewitz hatte kein schlechtes Gewissen. Er leistete doch ehrlich seine Arbeit, er war ein guter Mann, er mühte sich ab im Betrieb! Wenn Janina den, der die Leiter hinaufkletterte, einen Karrieristen nannte, dann hatte sie unrecht. Sie besaß einfach nicht den Realismus und den Weitblick Franziskas.

VI

Am Werktor wartet Franziska.

Sie lächelt ihm entgegen, und Bennewitz lächelt zurück.

Zuerst zuschlagen, denkt er, noch ehe der Gegner treffen kann. Das ist Röbels Devise gewesen, das ist sie noch heute. Ehe mich Franziska vernichten kann, vernichte ich sie! Eiskalt muß ich sein, wie Röbel. Oder wie Pittwein. Nichts darf mich ablenken von der Tat, die mir nicht zu beweisen sein wird, wenn ich sie richtig plane und ausführe.

Er küßt Franziska flüchtig auf den Mund im Strom der Menschen, die das Werk verlassen. Dieser Kuß wird ein Teil seines Alibis sein.

Sein Herz schlägt heftig.

Auch als er neben ihr geht.

Ich darf mich nicht verraten, denkt er, ich muß schlau sein, noch schlauer als Franziska. Sie ist eine Füchsin. Und ich war immer der Hahn.

Sie drängt ihre Hand in seine Hand: ihr Friedensangebot nach einem Streit. Seit eh und je. Die bösen Worte sind gelöscht. Sie kann den, der sich ihr fügt, belohnen. O ja, das kann sie, diese Franziska.

Das hat sie immer gekonnt. Am Tage wie in der Nacht.

Nur das nicht! denkt er. Nicht vor der Tat! Aber anders

wird es nicht gehen. Karin ist der Preis. Und das Ende der Erpressung.

»Wir gehen noch in die Stadt?« fragt sie.

»Ja«, sagt er. »Wie versprochen.«

Es ist Abend.

»Ein Streit«, sagt Franziska, »frischt die Liebe auf. Ein altes, aber weises Sprichwort.«

Sie gleitet auf seinen Schoß.

»Wir gehören zusammen, Karl.«

»Bis daß der Tod uns scheidet.«

»Bis daß der Tod uns scheidet«, wiederholt sie.

O Gott, denkt Bennewitz.

Aber er erwidert ihren Kuß. Wenn er die Augen schließt, könnte er denken, daß es Karin ist. Aber Franziskas Parfüm duftet anders, stärker, es ist ein französisches und riecht sehr süß.

Franziskas Hand . . .

»Du bist abgespannt«, sagt sie. »Du brauchst wirklich Ruhe.«

Sie ist nicht besorgt, denkt Bennewitz. Sie ist falsch. Sie hat mich immer nur benutzt. Sie hat immer ihren Nutzen gesucht. Aber der Krug geht so lange zum Brunnen, bis er bricht. Morgen bricht er, morgen mache ich dem Spuk ein Ende . . .

»Hast du wieder Magenschmerzen?« fragt Franziska.

Er nickt.

»Nimm eine Gastrobamat, die hilft. Und dann gehen wir früh schlafen.«

»Das beste«, sagt er, »ist eine Schlaftablette. Die von Doktor Herzog, die starke. Man schläft wie ein Toter.«

»Tote schlafen nicht«, sagt Franziska.

Sie lächelt, und sie streichelt ihn.

»Es ist schade, daß du so müde bist.«

Es ist besser, denkt er, ich schlafe. Das Grübeln hilft

nichts, es macht mich noch wahnsinnig. Ich will jetzt an nichts mehr denken. Franziskas Lippen und Finger sind geschickt und erfahren. Franziska hat es immer verstanden, mich zu erregen, aber sie schafft es nun nicht mehr.

Ich will mit Karin leben. Nur noch mit ihr.

Franziska ahnt, daß ich es ernst meine. Darum bemüht sie sich so um mich. Und ich weiß, sie ist maßlos in ihrer Eifersucht, in ihrem gekränkten Stolz. Nichts hält sie auf, auch wenn sie sich selbst trifft dabei.

Sie würde mich anzeigen!

Ohne zu zögern!

»Komm, Karl«, sagt Franziska sanft. »Wir gehen ins Bett. Morgen ist ein ganz anderer Tag.«

Bennewitz wiederholt ihre Worte, ohne zu begreifen, warum.

Er folgt ihr in das Schlafzimmer. Sie entkleidet sich langsam vor seinen Augen und gleitet nackt auf das Laken. Sie ist schön, er muß sie anschauen, obwohl er es nicht will. Er zieht sich nicht weiter aus, weil er spürt, daß er erregt ist. Aber da ist sie schon bei ihm, er fühlt ihre Hände auf seinem Körper, und ihr Wille geschieht . . .

Franziska erhebt sich, geht in das Bad und löscht, bevor sie das Zimmer verläßt, das Licht.

Bennewitz liegt im Dunkel, fühlt sich so wunderbar schlaff, daß er auf die Tablette verzichten kann, und zugleich so jämmerlich, weil er soeben Karin verraten hat.

Noch ehe er einschläft, denkt er an Jalta, an die Sommerreise mit Franziska.

Jalta! Dieser Urlaub zu zweit, seine ungewöhnliche Dimension: der Blick vom Balkon des Hotels im vierzehnten Stock, das Meer, die Schiffe, die Bucht und die Berge, auf deren Spitzen die Wolken lagen wie dichter Schnee. Die Berge, die sich wie eine riesige Welle hinter der Stadt erhoben, eine Welle, die versteinert schien.

Wenn sie nachts auf den Balkon traten, sahen sie die Lichter der Stadt und der Bucht. Am Morgen schmiegte sich Franziska an, und bevor sie es tat, streifte sie das Nachthemd ab.

Welch ein Urlaub!

»Einen solchen Urlaub in jedem Jahr«, flüsterte Franziska in sein Ohr. Bennewitz nickte, er streichelte Franziskas Haar, ihren Nacken, und die Lust auf sie kam erneut.

Sie saßen in der Bar ganz oben im sechzehnten Stock, in der man mit harter Währung zahlte. Ein Bundesbürger lud sie ein: Franziska, Bennewitz, Menzel und dessen blonde, sehr junge Frau. Menzel war Gemüsehändler aus Berlin. Zum ersten Mal, so schien es Bennewitz, war er auch im Rausch ganz wach bei einem Gespräch. Er lauschte dem Fluß der vom Berliner Jargon gefärbten Rede, erfuhr von den verschiedenen Klassen des Gemüses und vom Gewinn, den man erzielen konnte, wenn man geschickt war.

Mit fünfundfünfzig, sagte Menzel, habe er sein Heu im Sack, dann wolle er ein Haus haben irgendwo auf dem Lande und darin leben mit seiner blonden Frau. Aber sie wolle lieber in ihrer Großstadt bleiben, das sei sein Problem.

Als der Bundesbürger, der Rübsam hieß, nach einer Abschiedsrunde gezahlt hatte und gegangen war, sah Bennewitz Franziska an.

»Wir müssen auch gehen, Franziska.«

Sie maulte.

Menzel aber winkte der Kellnerin.

»Whisky?« fragte er. »Eine Flasche?«

»Die muß hier in Valuta bezahlt werden«, warf Franziska ein.

Menzel lachte schallend und schlug sich auf die Schenkel, als hätte er einen guten Witz gehört.

»Bezahlen wir also in West, Gnädigste!«

»Angeber«, knurrte Bennewitz, aber so leise, daß es nur Franziska hören konnte.

Franziska kniff die Lippen zusammen und blickte weg.

Als die Kellnerin kam, bestellte Menzel eine Flasche Whisky. Franziska drückte seinen Arm und flüsterte ihm etwas ins Ohr.

»Der Whisky war die Idee des Abends«, sagte sie laut. »Und die Überraschung des Abends«, fügte sie hinzu.

Menzel schien unter Franziskas bewundernden Blicken aufzuleben. Er plustert sich auf wie ein Pfau, dieser Halsabschneider, dieser Geschäftemacher, dachte Bennewitz. Er begann ihn zu hassen, diesen Menzel. Er sah wirklich aus wie ein Gemüsemann. Es war nur zu hoffen, daß ihn sein junges Weib betrog.

Und wieder winkte Menzel und bestellte vier Tassen Kaffee.

Ein widerlicher Bursche, dachte Bennewitz. Ich zähle nicht mehr an diesem Tisch. Menzel, dieser verfluchte Menzel!

»Was dir fehlt, sind Bauernschläue und Skrupellosigkeit«, murmelte Franziska, als sie im Bett lagen.

Bennewitz fand keinen Schlaf, den starken Kaffee hätte er nach dem Whisky nicht mehr trinken dürfen.

Er hörte das Meer rauschen. Der Sturm jagte die Wellen über den Steinstrand, bis das Wasser die Pritschen bedeckte, die aufgerichtet an Pfeilern lehnten.

Sicher hatte er es schon immer gewußt, die Gedanken nur verdrängt, aber nun begriff er, nun würde ihn dieses Wissen nicht mehr loslassen: Der Schlüssel zum wahren Leben war Geld, Geld und nochmals Geld.

Aber ein Versager verdiente dieses Geld nicht. Was sie im Monat bekamen, er und Franziska, das reichte nicht für ein solches Leben aus.

Man lebte aber nur dieses Leben, man lebte nur einmal – oder nie.

VII

Der Wecker!

Bennewitz schrickt zusammen. Hat er geschlafen? Hat er gewacht?

Sein Schädel schmerzt, als er sich über die schlafende Franziska beugt, die noch immer tief atmet und deren Brust sich hebt und senkt, gleichmäßig und ruhig.

Sie konnte ihn sich leisten, diesen Schlaf!

Sie, die ihn, Bennewitz, in den Betrug getrieben hat und immer weiter in die Lüge. Sie, die ihm nun ein Ultimatum gestellt hat und mit der Anzeige droht.

Jetzt, da er sie so entspannt liegen sieht, haßt er sie, und es ist ihm unerklärlich, daß er sich gestern abend dazu hinreißen ließ, sie zu umarmen.

Ja, sie kann ihn zertreten wie einen Wurm, wenn sie will, sie kann lachend zusehen, wie ihm alles verlorengeht, alles, was ihm lieb ist und was ihm das Leben angenehm macht. Und sie selbst geht straffrei aus, weil sie von nichts wissen wird vor den Schranken eines Gerichts.

Der eigene Atem dröhnt in seinen Ohren.

Liebt sie ihn denn wirklich noch?

Oder nur das Geld, das er verdient?

Ich muß mich zur Ruhe zwingen, denkt er. Ein einziger Fehler, den ich vor oder während oder nach der Tat begehe, führt zur Entdeckung.

»Franziska«, sagt er leise, als er die Nachttischlampe anknipst.

Sie schlägt die Augen auf, sie lächelt, dann aber wird ihr Gesicht wieder ernst, als sie ihn prüfend anblickt.

»Du siehst nicht gut aus, Karl! Hast du nicht gut geschlafen? Kannst du nicht aufhören, an diese . . ., diese Karin zu denken?«

»Ein kleiner Kopfschmerz«, sagt er. Wenn er Franziska ansieht, scheint der Haß auf sie seinen ganzen Körper mit einem feinen, aufreizenden Kribbeln zu erfüllen.

Er geht schnell in das Bad. Einen Augenblick lang, als er vor der Wanne steht und noch ehe er sich duscht, schließt er die Augen. Ja, Franziska ahnt das Richtige. Er muß an Karin denken, immer an Karin. Nur sie liebt er, sie allein.

Es gibt kein Zurück mehr!

In drei Stunden oder in vier wird Franziska tot sein.

Dann duscht er kalt, bis er zu frieren beginnt.

Zwei Stunden Autofahrt, eine Stunde Wanderung oder auch weniger, und es wird geschehen . . .

Er trocknet sich mit dem Frottiertuch ab.

»Franziska«, ruft er dumpf. Als sie ins Bad kommt, zwingt er sich zu einem Lächeln, geht an ihr vorbei auf den Flur, um sich eine Krawatte zu binden. Der Knoten will ihm nicht gelingen, weil seine Finger zittern.

Sie frühstücken schweigend.

»Ich werde fahren«, sagt Franziska und gießt wieder Kaffee nach. »Du kannst dich ausruhen, kannst noch ein bißchen schlafen, wenn du willst.«

Als sie die Wohnung verlassen, blickt er auf die Uhr.

Mit zurückgelehntem Kopf sitzt er neben ihr, mit geschlossenen Augen. So braucht er nicht zu sprechen und sie nicht anzusehen. Er kann sich wieder seiner Erinnerung überlassen.

»Nehmen Sie doch Platz, mein lieber Bennewitz«, sagte Pittwein.

Pittwein, der Geachtete, Pittwein, der Große, der Verdiente Aktivist, den selbst Pfaff nie stehen ließ vor seinem Schreibtisch; Pittwein durfte sich bei ihm setzen, auch ohne Wink.

Pittwein lächelte väterlich. Wenn er sprach, erinnerte er Bennewitz an einen Pfarrer, mit dem sein Vater einst befreundet gewesen war.

»Ich habe hier einen Neuerervorschlag, mein lieber Bennewitz, für die Modernisierung einer Kopierfräse. Es gibt eine ähnliche in der Bundesrepublik, aber, Sie verstehen, nur gegen harte Devisen. So eine Maschine wäre eine Trauminvestition, aber für uns steht sie in den Sternen. Da gibt es nun einen findigen Kopf in der Abteilung von Röbel, der bringt uns auf die Idee, eine eigene Maschine umzubauen. Das wichtigste ist die konstruktive Arbeit. Ich glaube, Sie sind der richtige Mann dafür. Ich lobe nicht oft, das werden Sie gehört haben. Ich lasse Ihnen völlig freie Hand.«

Bennewitz nickte bedächtig, als er den Vorschlag überflog, den ihm Pittwein über den Schreibtisch schob. Eine ähnliche Konstruktion war schon einmal auf seinem Reißbrett entstanden, und er besaß noch die Zeichnungen, weil er an eine Erfindung gedacht hatte, an der er später einmal arbeiten wollte.

»Können Sie das übernehmen, Kollege Bennewitz? Außerhalb der normalen Arbeitszeit?«

»Ja«, sagte Bennewitz.

»Ich wußte es«, sagte Pittwein. »Wem ich vertraue, der enttäuscht mich nicht.«

Pittwein hielt die Hände auf der Glasplatte seines Schreibtisches gefaltet. Er räusperte sich.

»Wir brauchen einen Kostenanschlag, ehe wir die Neuerervereinbarung abschließen, Kollege Bennewitz.

Röbel hat mit Ihnen gesprochen, Ihnen alles erklärt?«

Pittwein sprach nicht weiter, er wartete, er blickte auf seine Hände.

Bennewitz nickte, sein Herz klopfte, als wollte es aus der Brust springen.

»Den Bau dieser Fräse«, hörte er weiter, »könnte das Kollektiv von Meister Bauer in dessen Garage durchführen. Es ist ein gutes Team, sehr erfahren, und Bauer ist verläßlich in jeder Hinsicht . . .«

Pittwein schmunzelte bei den letzten Worten.

»Also«, schloß er, »unterbreiten Sie mir ein Angebot, lieber Bennewitz, einen Kostenanschlag.«

Er erhob sich und drückte die Hand von Bennewitz so, als sei es die eines guten Freundes.

Bennewitz saß noch lange an seinem Schreibtisch wie benommen, und kaum hörte er Röbel zu, der schon von dem Vorschlag wußte.

Was erzählte Röbel? Man könne beim Kostenanschlag hochgehen bis auf zweiunddreißigtausend Mark, das wäre ein akzeptabler Kostenaufwand, gegen den niemand etwas einwenden konnte, den Pittwein sicher unterschreiben würde. Er ging dabei aus vom Neupreis einer solchen Maschine. Wenn Bennewitz geschickt sei, springe gewissermaßen ein neuer Wagen für ihn heraus.

Der Wert eines ganzen Autos?

Bennewitz langte nach einem Hefter, legte ihn wieder an seinen Platz zurück, ohne daß er hineinblickte. Er saß, und er grübelte.

Röbels Worte . . .

Pittweins Vertrauen . . .

Zweiunddreißigtausend . . .

Er erschrak, als er auf die Uhr sah. Wie lange hatte er schon so gesessen? Unmerklich war die Zeit vergangen.

Er richtete sich auf, erhob sich, trat ans Fenster und blickte hinaus.

Er erinnerte sich an diesen Mann in der Turnhose, dem er den Wartburg nicht abkaufen konnte, weil er den geforderten Preis nicht verdiente an seinem Reißbrett ... Das Grübeln wich der Wut. Sie schwoll langsam, je länger er an den mißglückten Kauf dachte und an die abfälligen Blicke des Besitzers. Litt er nicht noch immer unter diesen Blicken?

Bennewitz bohrte die Fäuste in die Hosentaschen, er stand beinahe unbeweglich, bis die Sirene, die den Feierabend verkündete, durch das Werk heulte.

Quälend lang zog sie sich dann hin, diese Vollversammlung der Vertrauensleute aller Kollektive des Werkes. Aber zum erstenmal in seinem Leben lauschte Bennewitz den Rednern auf eine andere, ihm vorher unbekannte Art und Weise, verglich er die Worte der Redner mit ihren Taten.

Friedel, der Parteisekretär, hielt das Referat, Friedel, der Geradlinige, von dem jeder wußte, daß der Infarkt für ihn unausbleiblich war. Friedel, der Schlosser, der noch den Hochschulabschluß erworben hatte auf dem Industrieinstitut in Ilmenau und deswegen von manchem belächelt wurde.

Bennewitz lächelte nicht über diesen Mann. Niemand könnte Friedel für eine Sache gewinnen, die nicht hundertprozentig in Ordnung war. Wenn Friedel von Ehrlichkeit und Sauberkeit und Disziplin sprach, dann meinte er genau diese Worte und ihren Inhalt. Jetzt gerade sprach er über die laufenden Rationalisierungen, die voll und ganz mit den Beschlüssen des Plenums übereinstimmten, das sie auswerteten. Und als er die Erfolge aufzählte, die der Betrieb aufweisen konnte, heftete er seinen Blick auf Pittwein. Es war ein dankbarer Blick.

Pittwein lächelte zurück.

Von nun an beobachtete Bennewitz Pittwein, keine Regung dieses Mannes sollte ihm entgehen. Pittwein nickte an vielen Stellen von Friedels Rede bestätigend mit dem Kopf, und zwei- bis dreimal klatschte er als erster Beifall. Er blieb nicht allein, es gab viele, für die er das Signal zu geben schien.

Ein Pittwein, wenn er starb, hatte das Leben genossen mit allen Annehmlichkeiten, er hatte mitgenommen, was es ihm bot.

Und ein Friedel?

Welches Leben war besser?

Und wer war geachteter?

Da lebten Menschen zwei verschiedene Leben, dachte Bennewitz, aber es gibt kein äußeres Zeichen, das sie unterscheidet. Bennewitz musterte die Gesichter im Speisesaal. Er folgte der Rede nun nicht mehr, weil ihn seine Gedanken bedrängten. Wenn Pittwein und Friedel über ihre Lebensphilosophie sprechen würden und anschließend gäbe es eine Abstimmung, wie viele würden für Pittwein sein, wie viele für Friedel? Pittwein müßte wohl die meisten Stimmen bekommen, sinnierte Bennewitz, seine Anschauungen sind angenehmer, anziehender.

Pittwein trat an das Podium. Wenn er sprach, verstummte jedes Gemurmel, denn er besaß die Angewohnheit, sofort in die Richtung zu blicken, aus der die geringste Störung kam.

Pittwein sprach über die Rationalisierung und ihre enge Verknüpfung mit dem Neuererwesen, weil die Investmittel und die Kapazitäten begrenzt seien. Das Neuererwesen aber ermögliche es, mit eigenen Kräften, wenn auch außerhalb der regulären Arbeitszeit, einen Ausgleich zu schaffen.

Er zitierte ein paar Sätze aus dem Hauptreferat des Generalsekretärs im »Neuen Deutschland« und zwei aus der Rede Friedels.

Pittwein sprach frei. Für eine Rede von dreißig Minuten, so erzählte man im Werk, genügten ihm Stichworte auf einer Streichholzschachtel, die er sich auf das Pult legte.

Pittweins Worte gingen ins Ohr, wurden von allen mit Beifall bedacht, auch von den Friedels.

Die Pittweins dienten mit ihren Vorschlägen der Gesellschaft, sie bestimmten nur ihren Anteil selbst. Dieser Gedanke beruhigte Bennewitz.

Im Saal wurde anhaltend geklatscht, länger als nach Friedels Vortrag. Pittwein war der Mann der Praxis, er kam ohne Vorrede zum Kern, zum betrieblichen Kern.

Pittwein schritt zurück zu seinem Platz.

Pittwein, dachte Bennewitz, Pittwein als Leitbild . . . Dann war die Entscheidung klar! Er würde sich nur lösen müssen von dem gewünschten Ideal, dem der offiziellen Reden, dem der Zeitungen und Fernsehsendungen.

Er verließ das Werk um achtzehn Uhr dreißig.

Bennewitz rechnete an jenem Abend, er tat es in der Küche, weil Franziska einen Fernsehfilm sah und er sich nicht ablenken lassen wollte, durch kein Geräusch, durch kein Wort.

Zweiunddreißigtausend, dachte er dabei, als er die Stunden zu planen begann wie Fischer, auf die gleiche Weise.

Dann hörte er den Regulator elf schlagen, dann zwölf, er nickte nur, als Franziska ins Bett ging, er rechnete weiter, mit heißem Kopf.

Und am Ende, als die Erschöpfung begann, ihm die Augen schließen wollte, wußte er es: Wenn er auf zweiunddreißigtausend Mark kommen durfte, als Gesamtbetrag für Konstruktion und Bau, blieben für ihn, nur für ihn allein, neuntausend Mark.

Erforderlich waren allerdings nicht nur seine eigenen zu hoch angesetzten Stunden, sondern auch die angeblichen des Großvaters, der einmal Konstrukteur gewesen war, und die eines Freundes vom Großvater, der Krause hieß und auch schon Rentner war, und schließlich fingierte Stunden Betriebsfremder.

Bennewitz schwindelte es, auch im Bett noch spürte er dieses Gefühl, als läge er auf einer sich drehenden Scheibe, wie er sie vom Rummel kannte.

Er schlief schlecht in dieser Nacht.

Bennewitz sah Pittwein an, und als seine Augen umherschweiften im Zimmer, sah er das Bild des Staatsratsvorsitzenden, der herabzublicken schien auf den lesenden Pittwein, als nehme auch er den Kostenanschlag in Augenschein. Das Gesicht des Staatsratsvorsitzenden blieb gleichbleibend wohlwollend. Pittwein schien sich diesem Ausdruck anzupassen. Nur trug Pittwein keinen Binder, keinen hellen Anzug.

Pittwein stockte einen Moment bei den konstruktiven Stunden, dann hakte er sie ab.

»Man könnte sogar noch etwas zugeben«, sagte er leise, als spräche er mit sich selbst.

Bennewitz erstarrte, weil er angenommen hatte, er habe schon übertrieben, die Stunden zu hoch angesetzt, viel zu hoch.

»Wir machen die Vereinbarung«, hörte er.

Pittweins Stimme klang geschäftsmäßig, und er reichte den Kostenanschlag zurück.

»Sie besorgen Konstrukteure, wenn Sie Hilfe brauchen? Sie wissen, wenn es notwendig ist, genehmigen wir auch den Einsatz Betriebsfremder!«

»Ja«, sagte Bennewitz schnell, aber er ahnte, daß Pittwein wußte, er log, ja daß er diese Lüge geradezu hören wollte, sie genoß, als wäre sie ein Siegel zu ihrem Pakt.

Bennewitz erledigte einen großen Teil der konstruktiven Arbeit für die Fräse an seinem Reißbrett im Werk, weil ihn Fischer nie kontrollierte, und nur einen Teil der Stunden leistete er nach Feierabend, eigentlich leistete er sie, damit er nach Dienstschluß im Werk gesehen wurde. Aber er würde auch angeben, er habe an Wochenenden gearbeitet und im Urlaub, um die Stunden weiter erhöhen zu können.

Einmal kam Pfaff in den Flachbau, klopfte ihm auf die Schulter, wünschte ihm für die Fräse Glück.

Bauer baute dann die Fräse um, baute sie in seiner Garage, die man vom Werk aus schnell erreichen konnte, aber er wollte nie gestört werden, auch von Bennewitz als »Bauleiter« nicht.

Als die Fräse fertig war, machte Bennewitz die Abrechnung, vergaß nicht die Stunden für seine angebliche Bauleitung und führte die zwei Konstrukteure auf.

Bauer und seine Männer, so errechnete er, erhielten auf dem Papier achtundzwanzigtausend Mark.

Er nannte Bauer diese Summe und, wobei er auf sich wies, ein paar Namen von Männern, die insgesamt einen Betrag von fünftausend Mark erhalten sollten, und bat ihn um die Aufschlüsselung, damit er die Abrechnung vorbereiten könne.

Die ganze Woche rätselte er, was geschehen würde, denn Bauer hatte nur schweigend genickt.

Am Montag trat Bauer in sein Zimmer. Es schien, als ob er nur gewartet hatte, bis Fischer es verließ, um in seinem blauen Wartburg das Werktor zu passieren. Bauer gab Bennewitz die Liste mit den Namen, den Beträgen. Seine Strohmänner standen auf der Liste, ihre Stunden ergaben einen Betrag von fünftausend Mark, und die Gesamtsumme betrug achtundzwanzigtausend.

Er blickte in Bauers undurchdringliches Gesicht.

»Danke«, sagte Bennewitz, aber Bauer winkte ab.

Pittwein bestätigte die Abrechnungen, die Weichen waren gestellt für alle weiteren Unterschriften, die erforderlich waren für die Anweisung der Auszahlung.

Bennewitz empfing für sich, seinen Großvater und dessen Freund Krause viertausend Mark.

Nun blieb noch das Geld von Bauer, der kam eine Woche darauf und überreichte ihm einen Umschlag, der dick war und verschlossen. Bennewitz schob den Umschlag in die Brusttasche seiner Lederjacke.

Die grauen Augen Bauers musterten ihn kühl.

»Zählen Sie nicht nach?« fragte er.

»Nein«, sagte Bennewitz. »Vertrauen gegen Vertrauen.«

Neuntausend, dachte er dabei, neuntausend Mark.

Er konnte es nicht fassen, es war so einfach, und es zog ihn nach Hause, zu Franziska, als könne er ihr das Geld nicht schnell genug auf den Tisch legen, Schein um Schein.

»Hier müssen Sie Ihre Leute quittieren lassen«, sagte Bauer und reichte Bennewitz eine Liste.

»In zwei Tagen«, sagte Bennewitz, »reicht das?«

Bauer tippte mit dem Zeigefinger der rechten Hand an seine schwarze, speckige Mütze, verließ wortlos den Raum.

Aber da dachte Bennewitz an Pittwein.

Wie übergab er ihm das Geld?

Endlich ging er auf die Toilette, damit ihn keiner überraschen konnte, zog einen Briefumschlag aus seiner Brusttasche, auf den er Pittweins Namen schrieb, schob zehn Hunderter und zehn Fünfzigmarkscheine hinein, und nachdem er mit der Zunge die Klebefläche angefeuchtet hatte, verschloß er ihn.

Seine Hände zitterten, als habe ihn ein Schüttelfrost gepackt, er wartete, bis er wieder ruhig atmete, dann ging er zu Pittwein, nahm die Unterschriftenmappe mit, in der noch zwei Schreiben lagen an das Kombinat, und auf das zweite legte er den Umschlag.

Pittweins Tür stand offen, seine Sekretärin war nicht im Raum.

»Bitte«, rief Pittwein, als habe er auf ihn gewartet. Er leistete die erste Unterschrift, blätterte weiter.

»Danke«, sagte er, als er, Bennewitz kurz und wohlwollend musternd, auf seine Brust tippte und dann den Umschlag in die Seitentasche seines Sakkos schob.

Dann unterschrieb er erneut, schloß die Mappe und reichte sie Bennewitz zurück.

»Pfaff, mein lieber Bennewitz, Pfaff ist mit Ihnen zufrieden. Das Kombinat ist es auch.«

Er strahlte beinahe.

»Solch eine Aufmunterung tut doch gewiß gut, mein lieber Bennewitz?«

Bennewitz nickte, aber es schien ihm, als ob der Stuhl unter ihm schwankte.

Nur einen Augenblick lang währte dieses Gefühl. Er sah es nun ja selbst: Die anderen besorgten das Geschäft ohne Skrupel. Warum sollte er zurückstehen? Und warum sollte er nicht selbst ein paar Unterschriften leisten?

»Nimm«, sagte Franziska zu Hause, »immer andere Minen, mal eine schwache, mal eine starke, mal eine schwarze, mal eine blaue. Und für ein paar Männer unterschreibe ich.«

Zwei Tage später gab er Bauer die Listen unterschrieben zurück.

VIII

Bennewitz hebt vorsichtig die Lider. Franziska fährt schweigend, konzentriert und selbstbewußt.

Sie hat einen harten Zug um den Mund, denkt Bennewitz. Warum fällt er mir erst jetzt auf?

In einer Stunde werden sie die Sächsische Schweiz erreichen. Sie werden auf dem Parkplatz halten, wo der Wanderweg beginnt, den sie beide so gut kennen, dieser Weg, der, wenn man ihm immer weiter folgt, zu der Stelle führt, wo . . .

Es wird leicht sein, Franziska hinabzustoßen. Wenn er es tut, wird er hinter ihr stehen . . .

Er erschrickt. Wie viele Morde deckte die Polizei wirklich auf? In den Filmen und Romanen mußten sie den Mörder finden, denn über den perfekten Mord würde kein Autor schreiben dürfen. Und selbst wenn man annahm, daß die Aufklärungsquote sehr hoch lag, wie er mal gelesen hatte, dann bedeutete das: Es gab ihn doch, den perfekten Mord. Auch in diesem Land, wo man nicht darüber sprach.

Er schlägt die Augen auf, als Franziska hustet.

»Schlaf weiter«, sagt sie leise.

Er nickt, und er spürt, wie eine Gänsehaut seinen Körper überzieht. Er darf nicht schwach werden! Er darf nicht die lachende Franziska sehen, sondern die Erpresserin, die alles weiß von ihm, der er alles erzählt hat, auch von Hesselbach und dem, was danach kam . . .

Das Städtchen Hesselbach hatte Bennewitz nicht einmal vom Namen her gekannt. Dort gab es ein kleines Werk. Pittwein lernte dessen Leiter durch die Arbeit in der Erzeugnisgruppe kennen und lud ihn nach einer Tagung zur Besichtigung seines Werkes ein.

Beier, so hieß der Werkleiter, war klein, untersetzt. Er lief umher wie ein Wiesel, als Pittwein ihn durch die Hallen führte, die nun, nach der abgeschlossenen Rekonstruktion, gern gezeigt wurden.

Beier war beeindruckt wie alle, er schwärmte noch, als sie in Pittweins Zimmer saßen und einen Kognak tranken.

Wenigstens eine modernisierte Maschine, wie sie in der zweiten Halle ständen, wolle er besitzen, wenigstens eine, dann könnten auch sie ihren kleinen Weltstand in Hesselbach haben.

»Das würde gehen«, sagte Pittwein unvermittelt, »denn eine Maschine könnte frei werden, weil wir eine neue bekommen.«

Überrascht sah Bennewitz Pittwein an.

Pittwein lächelte nachsichtig.

»Zum Zeitwert ist sie kein Problem, erschwinglich.«

»Sie meinen?« fragte Beier, der dieses Angebot betrachtete wie einen Gewinn im Lotto.

»Die notwendige, allerdings komplizierte Modernisierung der Maschine würden wir sogar selbst erledigen.«

Pittwein gab sich jovial, generös, überlegen.

Aber die Maschine ist doch umgebaut, dachte Bennewitz, es gibt nichts mehr, was verändert werden muß!

»Ich würde sie sofort nehmen«, versicherte Beier.

»Den Umbau«, sagte Pittwein, »könnten wir auf der Grundlage einer Neuerervereinbarung vornehmen, den dazu notwendigen Neuerervorschlag müßten Sie einreichen. Aber da helfe ich Ihnen. Vielleicht auch bei der Modernisierung anderer Maschinen?«

Augenzwinkernd fuhr Pittwein fort:

»Das Neuererrecht müßten wir bei der Neuerervereinbarung ein wenig umgehen. Ich denke da auch an die Beteiligung von Kollegen aus Ihrem Werk. Die könnte nur auf dem Papier erfolgen, auch die Leitung des Kollektivs. Und den Umbau realisieren wir auch hier, in unserem Werk.«

Plötzlich begriff Bennewitz Pittweins Angebot, schlagartig sah er die neue Dimension des Gewinns, wenn sie hinaustraten über die Grenzen ihres eigenen Werkes. Kein Hauptbuchhalter war zu fürchten, der Schrader hieß. Und die fingierten Stundennachweise würden noch einfacher zu erstellen sein.

Als Beier gegangen war, lud Pittwein ihn zum Bleiben ein, aber er sprach nicht, sah einen Ordner durch, leistete ein paar Unterschriften. Bennewitz kam sich überflüssig vor. Er räusperte sich.

»Ich geh dann«, sagte Bennewitz und erhob sich zögernd.

»Man könnte fünfzehntausend fordern«, sagte Pittwein leise, »für diesen Umbau.«

Er führte den Satz nicht weiter, und er blickte nicht auf.

Bennewitz verließ schweigend den Raum.

Er blieb noch im Werk, als es schon alle verlassen hatten, er rechnete, überschlug, prüfte die Möglichkeiten, die bestanden, um auf die von Pittwein genannte Summe zu kommen.

Wenn er konstruktive Arbeiten vorgab und die Anfertigung einer Einschubvorrichtung, den Bau eines Plattenstapeltisches und den von Rollgängen und der lufttechnischen Anlage und auch die Kosten für Beratungen beim Bau, die Fahrten, dann . . .

Und das Werk in Hesselbach würde froh sein, weil es

seine Leistung steigern konnte, denn die Maschine war noch immer ein Joker in einem kleinen Werk.

Er erschrak, als die Tür in der unnachahmlichen Art aufgerissen wurde, an der man Pfaff erkannte.

»Sie arbeiten noch?« fragte Pfaff, und er stand neben dem Schreibtisch von Bennewitz, als wollte er die Zahlen auf seinem Blatt prüfen, und drückte Bennewitz, der sich erheben wollte, in den Stuhl zurück.

Bennewitz saß starr, Schweiß trat ihm auf die Stirn.

»Geht es Ihnen nicht gut?«

»Doch, doch«, sagte Bennewitz.

»Sie sind überarbeitet, Genosse Bennewitz«, sagte Pfaff. »Ich mag Leute, die zum Schichtschluß noch nicht am Werktor stehen. Man soll es aber auch nicht übertreiben.«

Er setzte sich, griff in die Brusttasche seines grauen Flanellanzuges und entnahm ihr ein kleines Röhrchen und diesem eine Tablette.

»Einen Schluck Wasser?« fragte Bennewitz, der seine Ruhe wiederfand.

»Danke«, sagte Pfaff, »ich bin es gewohnt. Ich schlucke sie immer ohne Wasser . . . Das Herz«, fügte er entschuldigend hinzu.

»Ja«, sagte Bennewitz.

Das habe ich nicht gewußt, dachte er.

Noch nie war ihm das Gesicht von Pfaff so grau erschienen. Vor ihm saß nicht mehr der gefürchtete Werkleiter, sondern einfach ein Mensch, den eine Krankheit so traf wie jeden anderen.

»Ein heißer Tag«, sagte Pfaff, und Bennewitz wußte, daß der Kombinatsdirektor im Werk gewesen war, man munkelte von einer Erhöhung der vorgegebenen Auflage, von einem Exportauftrag, von Sonderschichten. Keiner wußte Genaues.

»Wissen Sie, Genosse Bennewitz, daß ich unheimlich

froh bin, wenn ich Männer wie Sie in unserem Betrieb weiß?«

»Wie ich?« fragte Bennewitz.

»In einer Zeit des Umbruchs im Werk«, sagte Pfaff, »der atemberaubenden Schnelligkeit der Rationalisierung, die einhergeht mit einer für uns noch vor Jahren unfaßbaren Steigerung der Produktion, da sind Männer wie Sie eine Voraussetzung.«

»Ich verstehe nicht recht«, murmelte Bennewitz.

»Stellen Sie Ihr Licht nicht unter den Scheffel, Genosse Bennewitz. Sie sind zuverlässig, aufopferungsbereit, und Sie sind nicht betriebsblind. Auf Männer wie Sie kann ich bauen. Sie bringen mir keine Lippenbekenntnisse, Sie bringen mir die Leistung.«

Pfaff stützte die Ellenbogen auf die Schreibtischplatte und lehnte sich nach vorn. Dann fuhr er sich mit der Hand über das Haar.

»Sie blicken so skeptisch, Genosse Bennewitz? Vielleicht hätten wir uns längst schon einmal aussprechen sollen. Ich kenne meinen Ruf. Ich bin ein Diktator, sagt man hinter vorgehaltener Hand, ein Antreiber. Als man mich hier einsetzte, habe ich mit« – er zögerte, als suche er nach dem geeigneten Ausdruck – »Daumenschrauben arbeiten müssen. Von Anfang an! Und hätte ich sie nicht immer fester angezogen, wäre dieser Betrieb, so wie Sie ihn jetzt sehen, nie ein Spitzenbetrieb im Kombinat geworden. Nie! Ich merke schon, daß ich Ihnen so etwas einmal sagen muß, Genosse Bennewitz. Männer wie Sie, nehme ich an, wird hartes Durchgreifen nicht stören, weil sie um die Notwendigkeit wissen. Männer wie Sie sind für mich das Rückgrat meines Werkes. Lassen Sie uns einen Wall gegen die Gleichgültigkeit bauen.«

Bennewitz schwieg.

»Vielleicht«, sagte Pfaff dann, »ist Daumenschrauben auch nicht das richtige Wort. Aber ich muß manchmal brutaler sein, als ich es eigentlich will. Sie können mir das glauben, Bennewitz. Ich muß den Finger in offene Wunden legen, unerbittlich. Offene Wunden können gefährlich werden, wenn man sie nicht bekämpft.«

Bennewitz erschrak. Ahnte er etwas, dieser Pfaff? Was meinte er mit den Wunden?

»Ich brauche Leute, denen ich vertrauen kann«, sagte Pfaff und blickte Bennewitz durchdringend an, »und die mir rückhaltlos vertrauen. Ohne Vertrauen, Genosse Bennewitz, geht es nicht. Allerdings auch nicht ohne Kontrolle. Wir verstehen uns?«

Bennewitz hielt den Blick von Pfaff aus. Er staunte über sich selber. Ich habe einmal ein Bauchstädt sein wollen, dachte Bennewitz. Vor mir sitzt ein Bauchstädt.

»Sollte Ihnen etwas auffallen, was faul ist«, sagte Pfaff, »etwas, was Ihnen nicht geheuer erscheint, dann kommen Sie zu mir.«

Stellt er mich nur auf die Probe? dachte Bennewitz. Oder ahnt er etwas?

Aber er nickte.

Plötzlich lächelte Pfaff.

»Ich habe Sie vor kurzem mit Ihrer Frau gesehen. Wissen Sie, mein lieber Bennewitz, ich freue mich, daß Sie alles miteinander vereinen können, ein harmonisches Familienleben und eine erfolgreiche berufliche Tätigkeit.«

Herrgott, dachte Bennewitz, warum hört er nicht auf? Was redet er da? Er soll endlich aufstehen, er soll gehen!

»Quält Sie etwas, Genosse Bennewitz?«

»Nein, nein«, winkte Bennewitz ab. »Was Sie sagen, ist sehr schmeichelhaft für mich, aber ich bin soviel Lob nicht gewöhnt, und ich habe es auch nicht verdient.«

»Die Entscheidung darüber«, sagte Pfaff, »können Sie ruhig mir überlassen.«

Pfaff erhob sich.

»So ein Arbeitstag muß auch mal ein Ende haben. Denken Sie an Ihre Familie.«

Sein Händedruck war kräftig, und er winkte kurz, bevor er die Tür zuklinkte.

»Machen Sie Schluß, Genosse Bennewitz!«

Bennewitz nickte wortlos, auch dann noch, als sich die Tür hinter Pfaff geschlossen hatte und seine Schritte auf dem Kies, der vor dem Flachbau lag, verklangen.

»Machen Sie Schluß«, hatte Pfaff gesagt.

Bennewitz starrte auf die Zahlen vor sich auf dem Blatt, aber er konnte sich nicht mehr konzentrieren, und er barg seine Stirn in den Handflächen, als er die Ellenbogen auf die Tischplatte stützte.

Er fuhr zusammen, denn die Tür wurde erneut geöffnet, nur vorsichtiger, beinahe leise.

»Hallo«, sagte Röbel. »Der Alte war bei dir?«

»Ja«, erwiderte Bennewitz.

»Was wollte er denn?«

»Nichts Besonderes«, antwortete Bennewitz ausweichend, »er hat wohl bloß ein wenig reden wollen.«

»Nichts weiter?« fragte Röbel. »Die ganze Zeit?«

»Nichts weiter«, sagte Bennewitz.

Mißtrauisch blickte Röbel ihn an.

»Bei Pfaff«, sagte er, »mußt du dir jedes Wort überlegen.«

»Ich weiß«, sagte Bennewitz.

Pfaff rief ein paar Tage später an.

»Kommen Sie bitte zu mir, Genosse Bennewitz.«

Pfaffs kalte, sachliche Stimme erschreckte Bennewitz.

Pfaffs Sekretärin war nicht im Vorzimmer, Bennewitz klopfte, und als er das kurze »Ja« hörte, trat er ein.

Pfaff winkte ihn näher.

»Unser Genosse Bennewitz, Inge«, sagte er, als dieser, ehe er Pfaff die Hand gab, die Frau begrüßte, die auf dem ersten Stuhl des Mitteltisches saß, direkt vor Pfaffs Schreibtisch.

»Die Genossin Schneider«, sagte Pfaff zu Bennewitz. »Ein seltener Besuch. Sie ist Staatsanwältin.«

»Staatsanwältin?« fragte Bennewitz.

Pfaff lehnte sich zurück und lächelte.

»Ich habe Sie für alle Fälle gerufen, Genosse Bennewitz, damit Sie unserer Besucherin helfen, wenn sie es wünscht.«

Er wandte sich an die Staatsanwältin und wies auf Bennewitz.

»Er ist nicht nur unser Investleiter, er ist auch ein Fachmann im Neuererwesen. Er ist einer meiner besten Männer, sehr vielseitig.«

Er lächelte.

»Er kennt alle Schliche! Vielleicht kann er dir mal einen Tip geben, Inge, der dir weiterhilft.«

Die Staatsanwältin nickte. Sie lächelte nicht, sie schien nachzudenken.

»Vielleicht«, sagte sie.

Nie hätte Bennewitz sie für eine Staatsanwältin gehalten, diese unscheinbare Frau mit der karierten Bluse und dem grünen Rock.

Ihre hellbraunen Augen musterten Bennewitz eindringlich, als er ihr gegenübersaß.

Was ist der wahre Grund dieses Besuches? dachte Bennewitz. Was will diese Frau?

»Die Genossin Schneider ermittelt gerade in einem Werk«, sagte Pfaff. »Und da es ein Maschinenbaubetrieb ist, könnten Sie ihr vielleicht bei der Überprüfung der Abrechnung von Neuerervereinbarungen helfen.«

Bennewitz saß hellwach.

Was geschah hier? Was verbarg sich hinter diesem Vorschlag Pfaffs?

»Ja«, sagte er.

»Erschrecken Sie nicht, Genosse Bennewitz«, schmunzelte Pfaff. »Es geht ja nicht um uns. Wir haben ein reines Gewissen, nicht wahr?«

Er wandte sich an die Staatsanwältin.

»Unser Kontrollsystem ist gut, weißt du. Man kann sagen, es ist perfekt. Männer wie dieser Bennewitz überwachen unsere Neuerervereinbarungen, und den Schlußpunkt bildet mein technischer Direktor, ein Fuchs, dem nichts entgehen würde. Du kannst gern in meinem Büro für Neuererwesen ein paar Vorgänge einsehen.«

»Danke«, sagte die Staatsanwältin. »Vielleicht rufe ich deinen Kollegen an. Aber ich denke, ich werde auch so klarkommen.«

»Du bist jetzt viel in Betrieben, Inge?«

Die Staatsanwältin winkte ab.

Wie sie mich ansieht, dachte Bennewitz. Spielen mir die beiden Theater vor? Aber sicher ist man voreingenommen, man liest mehr in diesen Augen, wenn man weiß, daß sie einer Staatsanwältin gehören.

Aber warum soll ich zu ihr? Wir haben einen Leiter des Büros für Neuererwesen. Wir haben einen Pittwein!

Ich bin ein verdammter Schwarzseher! dachte Bennewitz. Ich darf mich nicht einschüchtern lassen! Sie haben es übertrieben in dem anderen Werk. Sicher. Es ist ihre eigene Schuld. Wer ein Boot zu schwer belädt, bringt es zum Sinken. Und wir haben Pittwein, der alles in der Hand hält.

»Ich will Sie nicht aufhalten, Genosse Bennewitz«, sagte Pfaff. »Wir sehen uns um vierzehn Uhr zum Rapport.«

Bennewitz erhob sich, reichte der Staatsanwältin die Hand.

»Warten Sie noch«, rief Pfaff, als Bennewitz schon an der Tür war.

Bennewitz wandte sich um.

»Ja?«

»Dieses Gespräch, mein lieber Bennewitz, bleibt in diesem Raum! Zu keinem bitte ein Wort! Zu keinem im Werk! Ohne Ausnahme. Wenn Genossin Schneider Auskünfte wünscht, wendet sie sich an Sie.«

Bennewitz nickte.

Als er an seinem Schreibtisch saß, spürte er seinen Magen. Er kannte diesen Schmerz.

IX

Der Wagen hält.

»Schon da?« fragt er.

»Ja«, sagt Franziska.

Bennewitz reckt sich, als er aussteigt. Er sieht die Berge und den Wald. Nur noch eine dreiviertel Stunde trennt ihn von der Tat, vielleicht auch nur eine halbe, das richtet sich danach, wie schnell sie hinaufsteigen werden. Aber Franziska ist eine gute Wandererin.

Auf dem Parkplatz stehen nur zwei Autos.

»Gehen wir!« sagt er.

Es ist ein grauer Tag ohne Sonne. Schon während der Fahrt mußte der Nebel zugenommen haben.

Sie folgen dem Weg. Menschenleer liegt er vor ihnen.

Einmal fliegt ein Häher mit hartem Schrei über sie hinweg.

»Sieh doch, Karl«, ruft Franziska. »Man sieht den Häher selten so nah.«

Bennewitz nickt, und er spürt, wie sie ihre Hand in seine drängt.

Ein Totenvogel, denkt er.

Er verspürt den Wunsch, Franziskas Hand wegzuschlagen.

»Was ist mit dir?« sagt Franziska. »Dein Gesicht . . .«

»Nichts«, antwortet Bennewitz. »Die Müdigkeit . . .«

Sie wird stürzen, denkt er, sie wird fallen, und es wird

so schnell geschehen, daß sie keinen Schmerz verspürt.

Da hört er Stimmen, noch ehe er Menschen sieht. Es ist eine Gruppe von Bergsteigern, die an einer Felswand übt.

Sie lachen und scherzen. Es sind vier Männer und drei Mädchen, von denen die eine Anfängerin sein muß, denn es gelingt ihr nicht, an der steilen Wand, in die Griffe geschlagen sind, hinaufzusteigen.

Das Mädchen steht wieder auf dem Boden und blickt Franziska und Bennewitz entgegen.

»Hallo«, ruft sie, »wollt ihr auch mal?«

Bennewitz umfaßt Franziskas Schultern mit seinem rechten Arm. Diese Menschen werden, wenn die Nachforschungen beginnen, befragt. Und so zwingt er sich zu einem Lächeln, einer Zärtlichkeit.

»Das ist nichts für uns«, ruft er zurück. »Aber wir sehen gerne zu.«

Franziska schmiegt sich an ihn, als er stehenbleibt.

Einen Augenblick lang krallt er seine Hand um ihre rechte Schulter.

»Du tust mir weh«, sagt Franziska, doch sie sagt es nicht zornig, sondern erfreut. Sie deutet seinen Griff anders.

Franziska lächelt.

Ich hasse sie, denkt Bennewitz, wie ich sie hasse!

Aber er streicht über ihren Kopf.

»Muß Liebe schön sein«, lacht das Mädchen und beginnt wieder an der Wand hinaufzusteigen.

»Gehen wir weiter«, sagt Bennewitz, und sein Gesicht wird starr, als er sich von den Bergsteigern abwendet. Doch erst, als sie ihnen nicht mehr nachblicken können, zieht er den Arm von Franziskas Schulter.

In seinen Schläfen klopft es immer stärker.

Näher und näher kommen sie dem Pfad, wo es geschehen muß! Jeder Schritt bringt Franziska dem Tode näher, und ihre verfluchte Selbstsicherheit, ihr Frohlocken über den leichten Sieg über einen schwachen Bennewitz wird in einem Schrei enden!

Ihrem Schrei!

Er ist kein schwacher Mann! Er ist nur schwach gewesen in seiner Kindheit und in seiner Jugend! Sie wird es erst begreifen, wenn sie schon fällt. Und dann ist es zu spät. Wie viele Ehemänner hassen ihre Frauen, wie viele würden sie umbringen, wenn sie nicht zu feige wären. Wie viele trennen sich nicht, weil die Frauen zu viel wissen und weil man das Erworbene nicht teilen kann.

»Hat dir das Mädchen gefallen?« fragt Franziska plötzlich.

»Wie kommst du darauf?«

Sie blickt Bennewitz an.

»Ein Typ wie Marion Pittwein, nicht wahr? Du magst doch solche Frauen. Du fällst auf sie herein, Karl.«

»Ach was«, sagt er wütend.

Marion Pittwein?

Marion . . .

Pittwein hatte zu einer Party eingeladen.

Marion Pittwein öffnete.

Bennewitz kannte sie nur aus Erzählungen, etwas hatte er gehört von Röbel, etwas an den Mittagstischen, etwas beim Kegeln.

Sie war dreißig, trug die Haare lang und einen Stirnpony, der ihr bis in die Augen hing. Er ließ sie dem Betrachter jünger erscheinen.

Marion Pittwein war genau fünfundzwanzig Jahre jünger als ihr Mann und vor fünf Jahren seine Sekretärin gewesen. Pittwein hatte sich scheiden lassen wegen dieser Frau, zahlte Unterhalt für drei Kinder, die ihn nicht mehr ansahen, ihn vergessen wollten.

Aber es ging aufwärts mit ihm an der Seite dieser jungen Frau, allen war das sichtbar: Es gab das Haus in der Siedlung, den Citroën, es gab den japanischen Farbfernseher, den Bungalow, und Marion Pittwein trug goldenen Schmuck.

»Hallo«, sagte Marion.

»Guten Tag«, sagte Bennewitz und sah ihre dunklen Augen, die länger in seine blickten, als es üblich war bei einer Begrüßung.

Franziska und Marion gefielen einander nicht, vom ersten Augenblick ihrer Begegnung an spürte man die Abneigung, die immer gegenwärtig blieb.

Im größten Raum der Wohnung, verandaartig mit einer Glasfront zum Garten hin, saßen oder standen schon Besucher.

Bennewitz schüttelte Hände, er lächelte verbindlich. Er vergaß Namen zu schnell und Gesichter. Er war nie gesellig, es bereitete ihm Mühe, eine Unterhaltung zu führen.

Er setzte sich in einen Sessel, der neben dem Tisch stand, dem kleinen runden mit der Glasplatte, auf der zwei Flaschen Whisky standen, echter schottischer. Bennewitz trank, saß und trank.

Franziska stand in der Veranda mit einem Bärtigen, einem Schrank von Mann, der dröhnend lachte.

Marion Pittwein glitt in den Sessel neben ihm.

»Langeweile?«

»Nein«, sagte Bennewitz.

»Aber Sie sehen so aus.«

Bennewitz lächelte.

»Das ist der Whisky!«

»Ich habe«, sagte Marion Pittwein, »von Ihnen gehört. Sie sind Pittweins bester Mann.«

Wenn sie von ihrem Mann sprach, nannte sie seinen Nachnamen.

Bennewitz wehrte ab.

»Doch, doch«, bestätigte sie. »Pittwein hat es selbst gesagt.«

»Hat er das?«

Die Musik begann, Tonbandmusik von einer Sharp-Anlage, die Bennewitz erst jetzt erblickte.

»Tanzen wir?« fragte Marion Pittwein.

»Ja«, sagte Bennewitz zögernd, obwohl er lieber beim Whisky sitzen geblieben wäre. Man hält sie wie eine Feder im Arm, dachte er. Man spürt, sie ist eine zärtliche Frau. Er roch ihr Haar, ihre Haut, und es schien ihm, als schmiegte sie sich enger an ihn. Aber es konnte auch am Tanz liegen.

»Passen Sie auf«, sagte sie leise. »Ich habe einen eifersüchtigen Mann.«

»So?« sagte Bennewitz.

»Der Mohr von Venedig, nur weiß!«

Bennewitz wandte sich um.

»Es war nur Spaß«, kicherte Marion Pittwein in seinem Arm. »Wollen Sie nicht mehr?«

»Doch, doch«, sagte Bennewitz.

Dann saßen sie an der Hausbar, auf den hohen Hokkern mit den roten Polstern, er trank noch einen Whisky, einen zweiten, und Marion Pittwein trank Cinzano.

Sie hob ihr gefülltes Glas.

»Marion«, sagte sie.

Er trank Cinzano aus ihrem Glas, sie nippte an seinem Whisky.

»Karl«, sagte er zögernd.

»Ich weiß«, flüsterte sie.

Ihre Lippen waren weich, und er spürte beim Küssen ihre Zunge, die nach seiner tastete. Schnell löste er sich von ihr.

Und jählings dachte Bennewitz: Was weiß sie von mir, was weiß sie von allem? Er erschrak.

»Was ist dir?« fragte Marion. »Du wirst so blaß?«

»Es ist die Beleuchtung«, sagte Bennewitz rauh.

Sie trinkt zu schnell, dachte er. Sie trinkt zwei Gläser, wenn ich eins leere. Aber auch ich muß mich in acht nehmen.

Sie schwiegen lange, tranken nur.

Dann erzählte sie von ihrem Leben, erzählte Erlebnisse aus ihrer Kindheit, etwas von Pittwein, etwas von ihren Eltern, die beide verstorben waren an den Folgen eines Autounfalls.

Bennewitz lauschte. Sie hat schöne Lippen, dachte er. Was will diese Marion von mir? In diesem Zimmer gibt es Männer, die besser aussehen als ich. Aber mit mir unterhält sie sich. Und ich bin erst seit zwei Stunden im Haus, habe sie geküßt und kann sie auch wieder küssen, wenn ich es nur will.

Er schaute hinüber zu Franziska, die ihn, und da war er sich völlig sicher, nicht aus den Augen ließ.

Ich muß auf der Hut sein, dachte er, aber es reizt mich, wenn diese Marion gerade mit mir flirtet.

Es hob sein Selbstbewußtsein ungemein.

Der Bärtige forderte Marion auf, und Bennewitz bemerkte, daß sie sich ungern erhob und gewiß nur, weil sie als Hausherrin für jeden Gast dasein mußte.

Franziska saß plötzlich neben ihm.

»Du amüsierst dich gut?«

»Ja«, sagte Bennewitz.

»Sie gefällt dir?«

»Na ja . . .«, erwiderte Bennewitz.

»Wie sie gerade auf dich kommt«, sagte Franziska.

»Ich habe eben Chancen«, sagte Bennewitz, und er war selbst überrascht von seiner Antwort, von der er nicht wußte, ob sie im Augenblick die richtige war.

Franziskas Augen wurden hart.

»Dummkopf«, sagte sie, »die will etwas von dir, und ich werde herausbekommen, was es ist.«

Franziska winkte ab.

»Auf jeden Fall stört es Pittwein nicht«, sagte sie und nahm einen Schluck aus seinem Glas.

Nie, dachte Bennewitz, trinkt sie Whisky. Ich darf ihr keinen Grund mehr geben, sie ist eifersüchtig.

Und trotzdem folgte er Marion mit den Blicken, wenn er vermutete, daß Franziska wegsah.

Er fuhr zusammen, als er die schwere Hand von Pittwein auf seiner Schulter spürte.

»Ich entführe die schöne Frau, darf ich?«

»Ja«, sagte Bennewitz.

Er sah beiden beim Tanzen zu und wandte sich um, weil er hörte, wie sein Glas neu gefüllt wurde. Es war Marion.

»Wieder allein?« fragte sie.

Bennewitz nickte, und er konnte die Freude über ihre Rückkehr nicht verbergen.

Ihr Haar ist herrlich, dachte er, als er ihrem Gesicht ganz nahe war.

»Tanzen wir?« fragte er.

»Gern«, sagte sie. Bennewitz mochte keinen Tango, aber Marion führte ihn behutsam und so, daß es ihm schien, als führte er selbst. Ihre Augen, dachte er, können einen Mann verrückt machen, und er spürte ein körperliches Verlangen nach dieser Frau.

»Entschuldige«, sagte er leise in ihr Ohr und wollte sich aus der hautnahen Berührung lösen, die ihn erregte.

»Warum entschuldigst du dich«, sagte Marion und hielt ihn fest. Sie tanzten weiter sehr eng, und Marion summte das Lied mit. Sie hat es bemerkt, dachte Bennewitz, aber sie will es selbst.

»Ich habe Angst«, flüsterte Marion leise in sein Ohr.

»Angst?« fragte Bennewitz erstaunt. Er blickte in ihre

Augen und fand ihre Worte bestätigt. Sie sah zu ihrem Mann, der noch immer mit Franziska tanzte.

»Er trinkt zuviel, Karl. Wer trinkt, ist nicht mehr wachsam!«

»Ach was«, sagte Bennewitz.

»Doch«, sagte Marion, »es ist so.«

Sie sprach mit schwerer Zunge, aber sie war nicht betrunken. Sie vertrug mehr, als Bennewitz angenommen hatte.

»Karl, hilf mir«, bat sie. »Ich möchte, daß du ihn beeinflußt! Auf dich hält er große Stücke. Auf dich hört er vielleicht.«

Enttäuschung breitete sich aus in Bennewitz, eine gewaltige Enttäuschung, er hätte den Tanz abbrechen und diese Marion stehenlassen wollen.

Das also will sie, dachte er.

»Vielleicht«, sagte er, als sie wieder saßen und er mit dem Whiskyglas in seiner Hand spielte. »Vielleicht.«

Ich? dachte er dabei. Ich soll einen Pittwein beeinflussen?

Was denkt sie sich?

Er überwand seine Enttäuschung erst, als ihn der Whisky mehr und mehr umnebelte.

Und irgendwann setzte die Erinnerung vollends aus. Franziska brachte ihn in einer Taxe nach Hause.

Marion rief er erst viele Tage nach dem Besuch an. Er hatte lange gezögert, aber dann doch ihre Nummer gewählt und im Ton ihrer Stimme Freude gehört, eine deutliche, eine einladende Freude.

Es gab ein Treffen, ein zweites, und dann trafen sie sich so oft, wie Pittwein unterwegs war.

Da Bennewitz Pittweins Terminplan kannte, war es nicht schwer, Marion zu besuchen oder sie an irgendeinem vereinbarten Ort abzuholen und mit ihr über die

Dörfer zu fahren, zu einem Kiessee oder Steinbruch oder einfach nur an ein stilles Fleckchen ohne Menschen.

Und doch war Marion aufdringlich anhänglich geworden, aus dem sexuellen Abenteuer wurde ein Verhältnis, dessen Regelmäßigkeit Bennewitz erschreckte, ja das ihn unmerklich abzustoßen begann, weil Marion auch in der Umarmung ihre Nervosität und Hektik nicht abzustreifen vermochte, während Bennewitz den Beischlaf liebte, wenn er ihm Entspannung und Zufriedenheit verschaffte.

Franziska – und das war ein großes Glück – schien nichts zu bemerken, im Gespräch gab er sich so wie immer, und im Bett täuschte er einen nervösen Magen vor, wenn er nicht die Kraft spürte, sie so zu nehmen, wie sie es gewohnt war.

Aber Franziska beobachtete ihn, er spürte es, sie rief ihn häufiger an im Werk, als sie es früher getan hatte, erkundigte sich genauer, wohin er fuhr, wenn er sonnabends über Stunden wegblieb oder einen ganzen Tag.

Einmal sogar kam sie in die Garage zu Meister Bauer.

Wie oft wollte er es beenden, das Verhältnis mit Marion Pittwein, aber er fand nicht die Kraft, es ihr zu sagen, vielleicht fürchtete er auch das Gespräch, ihre Feindschaft, denn Pittwein betete sie an wie eine Göttin, tat alles für diese Frau, unbedenklich, war ihr ergeben wie ein Sklave.

Und dann kam der Tag, an dem Franziska ihn unvermittelt angriff, als er nach Hause kam, ja noch ehe er die Aktentasche zu Boden stellen konnte: »Du hast ein Verhältnis mit Marion. Du brauchst nicht erst zu lügen, Karl!«

Bennewitz stand wie erstarrt und hatte noch immer die Tasche in der Hand.

»Wenn du eine Ehe willst«, sagte Franziska, »wo jeder mit anderen Partnern schläft, dann sag es nur.«

Bennewitz hob die Hände.

»Nein, nein!« stammelte er.

»Sie ist nichts weiter als ein Flittchen«, sagte Franziska grob. »Aber du fällst auf sie rein. Sie pfeift, und du springst. Sie hat sich den Pittwein geangelt und saugt ihn aus, und nun hat er nicht mehr genug Kraft, also mußt du in ihr Bett. Wie jämmerlich!«

Bennewitz war noch immer zu erschrocken, um antworten zu können. »Es war nur zweimal«, log er dann mit schuldbewußtem Gesicht. Diese Marion hatte ihm die Szene eingebrockt!

»Du kannst nicht lügen«, sagte Franziska. »Außerdem interessiert mich nicht, wie oft ihr es getan habt.«

»Ich mache Schluß«, sagte Bennewitz, »es war überhaupt nur . . .«

»So?« sagte Franziska.

»Ich rufe sie an«, sagte Bennewitz. »Morgen mach ich Schluß!«

Franziska sprach kein Wort mehr an diesem Nachmittag, auch nicht beim Abendbrot, ja sie blickte Bennewitz nicht einmal an, ging ohne einen Gutenachtgruß zu Bett.

Am nächsten Tag rief er Marion an.

»Ich habe schon gewartet«, sagte sie. »Pittwein kommt erst gegen sieben. Du könntest jetzt kommen, gleich.«

Bennewitz holte tief Luft.

»Es geht nicht mehr mit uns«, sagte er dann.

Er hörte ein Knacken in der Leitung, und er wartete auf die Antwort Marions.

»Bist du noch da?«

»Ja«, sagte Marion leise.

Er hörte deutlich ihren Atem, hastig und schnell.

»Ich verstehe dich nicht, Karl, noch vorgestern, da . . .«

»Franziska«, sagte er, »weiß alles.«

»Dann geh weg von ihr.«

»Würdest du denn Pittwein verlassen? Du weißt, daß das alles nicht gut wäre, so, wie die Dinge nun mal sind.«

»Dann laß uns vorsichtiger sein, treffen wir uns seltener.«

»Es geht nicht«, sagte Bennewitz und staunte über seine Entschlossenheit.

Sie ist die Frau von Pittwein, dachte Bennewitz, sie ist jünger als Franziska, aber Franziska ist klüger. Marion ist zu einer Last geworden. Den Ärger mit Franziska und den mögliche mit Pittwein wiegen die Stunden mit Marion nicht auf. Franziska ist ein sicherer Halt. Ich brauche Franziska. Ich bin nicht mehr so verrückt nach ihr wie früher, aber man kann leben an ihrer Seite.

»Wir können es doch ganz vorsichtig tun«, begann Marion noch einmal. »Wir können zum Beispiel . . .«

»Es ist zwecklos«, sagte Bennewitz eindringlich, »und es ist einfach zu gefährlich für uns alle.«

Ich möchte auflegen, dachte er. Gut, daß man sich nicht sehen kann, und ins Gesicht hinein möchte ich es ihr auch nicht sagen.

»Machen wir Schluß«, sagte Bennewitz.

»Ich warne dich«, schrie sie plötzlich schrill, mit überkippender Stimme.

»Also dann«, sagte er schnell.

Ihre Antwort hörte er nicht mehr, weil er den Hörer auflegte.

Er saß auf der Couch und las, als Franziska den Telefonhörer abhob.

»Hallo«, sagte sie erfreut.

Sie hielt die Muschel zu.

»Es ist Pittwein, Karl!«

Aber als Bennewitz sich erheben wollte, deutete sie ihm an, daß er sitzen bleiben sollte.

»Er will mit mir sprechen«, erklärte sie.

Sie lauschte und schien dabei zu erstarren.

»Was ist denn?« fragte Bennewitz. Er hatte ein ungutes Gefühl.

Franziska winkte unwillig ab. Ihre Hand, die den Hörer hielt, schien sich zu verkrampfen.

Als Franziska den Hörer auflegte, stand sie noch immer wie erstarrt. Dann ging sie zur Schrankwand, entnahm ihr die Kognakflasche, füllte ein Glas, trank jedoch den Kognak nicht, sondern reichte ihm das Glas.

»Trink«, sagte sie, »du wirst ihn brauchen können.«

»Was war denn?« fragte Bennewitz. »Was wollte Pittwein?«

»Marion hat Schlaftabletten geschluckt«, sagte Franziska. »Den Inhalt eines Röhrchens.«

Bennewitz erschrak.

»Warum hat sie das getan?«

»Ausgerechnet du fragst das?« sagte Franziska.

»Du darfst mich nicht so ansehen«, erwiderte Bennewitz.

Franziska lachte auf.

»Warum wird sie es wohl getan haben? Sie hat Pittwein alles gestanden, Karl! Alles, was euch beide betrifft.«

Bennewitz zuckte zusammen.

Franziska lachte noch einmal. Es war ein böses Lachen.

»Eine wie Marion schluckt nur so viel, daß es nicht reicht für den Tod! Aber du, du bist ein ganz mieser Don Juan.«

Bennewitz konnte die Nachricht noch immer nicht fassen. Marion, dachte er, Marion!

»Das alles kann man vergessen«, sagte Franziska. »Nur eines nicht, Karl. Du hast alle in Gefahr gebracht. Alle sitzen wir in einem Boot, die ganze Gruppe. Und uns alle gefährdet diese Geschichte. Eine Feindschaft mit

Pittwein wäre nicht auszudenken! Ade, Bungalow! Ade, neues Auto! Ade, Ungarnreise!«

Bennewitz schwieg.

Franziska preßte die Hände an die Schläfen und lief im Zimmer auf und ab.

»Das kommt auf dein Konto«, sagte Franziska. »Du bist auf sie reingefallen, und sie hat dich zu ihrem Spielzeug gemacht.«

Sie blieb in der Mitte des Zimmers stehen.

»Ich werde zu Pittwein fahren«, sagte sie.

Und als die sonst so beherrschte Franziska das Kognakglas nahm und an die Wand warf, daß es klirrend zersprang, begriff Bennewitz mit einem Schlag das Ausmaß der Folgen seines Verhältnisses mit Marion, und er spürte wieder den Schmerz in der Magengrube.

»Ich komme mit«, sagte er, obwohl er nicht wußte, welche Rolle er bei diesem Besuch spielen würde.

»Gut«, sagte Franziska, »aber misch dich nicht ein, red mir nicht dazwischen.«

»Ja, ja«, sagte Bennewitz.

Der Druck in der Magengrube wurde allmählich stärker, immer stärker. Wie hatte Marion nur so etwas tun können?

Pittwein öffnete, obwohl sie nicht geläutet hatten.

»Bitte«, sagte er, aber er gab nur Franziska die Hand. Bennewitz streifte er mit einem kurzen Blick, sah dann zu Franziska. Er wirkte nervös, und seine Hände zitterten, als er vor ihnen durch die Diele ging.

»Sie liegt oben«, sagte Pittwein. »Sie braucht Ruhe. Unser Hausarzt ist gerade weg.«

Er rieb sich mit der Hand das Kinn, als sie in das Wohnzimmer traten und sich setzten.

»Wir können es auch ohne sie besprechen«, sagte Franziska.

Pittwein nickte, vermied es aber weiterhin, Bennewitz anzusehen.

»Es ist keine schöne Geschichte«, sagte Franziska, die die entstehende Pause beenden wollte.

Dann schwieg sie, weil Pittwein den Kopf senkte und auf seine Hände sah, die er gefaltet hielt.

»Feindschaft zwischen euch beiden kann zu einer Katastrophe führen«, sagte Franziska leise.

Pittwein blickte nicht hoch.

»Laß wenigstens uns beide so vernünftig sein wie möglich«, sprach sie weiter.

»Einverstanden«, sagte Pittwein, wobei er das Wort zwischen den Lippen herauspreßte.

Bennewitz spürte den Druck nun auch im Darm. Er erhob sich hastig und stürzte auf die Toilette.

Auf der Toilette blieb er Minuten, die ihm wie Stunden erschienen, und ihn packte der Wunsch, einfach sitzen zu bleiben oder schnell über den Flur zu laufen und nach Hause zu fahren. Er glaubte, die Stimmen von Franziska und Pittwein zu hören, aber sie sprachen so leise, daß er nichts verstehen konnte.

Endlich erhob er sich doch und ging in das Zimmer zurück.

»Ist dir schlecht?« fragte ihn Franziska besorgt. Auch Pittwein blickte nun Bennewitz an.

Sie ist doch ein Teufelsweib, diese Franziska, dachte Bennewitz. Sie schafft, was sie sich vornimmt. Sie schafft alles. Selbst einen Pittwein krempelt sie in Minuten um.

Er setzte sich in den Sessel, versank in ihm, fühlte sich klein und zerschlagen. Nur der Schmerz schien verschwunden, auch im Auto.

Franziska fuhr schweigend, sah mit starrem Gesicht geradeaus.

Er mußte an den Betrieb denken. Fünf Tage hatte eine

Arbeitswoche, und an jedem traf er mit Pittwein zusammen.

Und Pittwein war sein Vorgesetzter!

Und Pittwein war der Schlüssel zu ihrem Wohlstand!

Er konnte den Hahn zudrehen, für immer.

X

Bennewitz keucht beim Aufstieg. Es fällt ihm schwer, ihr zu folgen. Franziska geht vor ihm, leichtfüßig, ohne eine Pause. Ab und zu schaut sie sich um. Dann gibt er sich den Anschein, als sei das Tempo ihm gerade recht. Dabei ist er wütend über seine Schwäche und wischt den Schweiß von der Stirn, sobald sie sich von ihm abwendet.

Der größte Irrtum seines Lebens heißt Franziska. Sie glaubt an ihre Macht über ihn, sie vertraut ihrem Wissen und ihren Reizen. Unsere Ehe, hatte sie einmal zu Pittwein gesagt, hält bis zum Grab. Bis daß der Tod . . .

Bennewitz fröstelt, als er an das denkt, was nach der Tat kommen wird, unweigerlich kommen wird, die Verhöre, das Begräbnis . . .

Aber er muß es tun!

Ein Leben hat er nur, und an ihrer Seite kann er es nicht weiterführen. Er muß ihres vernichten, um seines zu retten. Er muß ruhig bleiben, um die Tat begehen zu können. Er ist nicht schuld, daß es so gekommen ist. Sie selbst hat sich und ihn in diese Sackgasse getrieben, sie läßt ihm nur den einzigen Ausweg, und der heißt Mord.

Er blickt flüchtig auf die Uhr.

In zehn Minuten werden sie die Stelle erreicht haben, an die er denkt. Niemand geht hinter ihnen, niemand kommt ihnen entgegen. Die Stille des Waldes ist um sie, und ihre Schritte sind die einzigen Geräusche.

Alles habe ich wegen Franziska getan, denkt er.

Alles!

Im Werk in Zachau, das er besuchte in Pittweins Auftrag, weil er helfen sollte bei der Rekonstruktion der Furnierschälstraße, kam ihm eine Idee, die ungeahnten Gewinn brachte.

Pittwein nickte wohlwollend, als er erfuhr, Bennewitz habe sich bereit erklärt, die dem Werk in Zachau versprochene Schere in Feierabendarbeit umzubauen auf pneumatischen Antrieb, obwohl sie beide, er und Pittwein, wußten, daß der Umbau längst im eigenen Werk erfolgt und abgerechnet war.

Diese Idee wurde eine goldene Quelle für Bennewitz, die er mit Pittwein teilte.

Und es war so einfach. Die Rechnungen waren ein Kinderspiel, weil der fremde Betrieb die Forderungen bezahlte, den angeblichen Aufbau eines Steuerpultes und die Verkabelung zwischen Schaltsatz, Pult und Scherenantrieb und die Generalüberholung des Antriebmotors und des stufenlosen Getriebes und die gesamten konstruktiven Stunden, von denen nur ein paar geleistet worden waren. Unendlich dankbar waren sie in dem fremden Betrieb. Aber die Maschine lief ja auch gut!

So konnte er, Karl Bennewitz, endlich den Automarkt besuchen ohne ein Gefühl der Minderwertigkeit. Er konnte nun mindestens genausoviel bieten wie andere, die so taten, als druckten sie die Scheine selbst.

Der Automarkt befand sich im Süden der Stadt, gegenüber einer Kirche und hinter dem Punkthochhaus.

Bennewitz fuhr an einem Sonnabend hin, er parkte seinen Trabant in einer Seitenstraße und schlenderte dann zum Platz, auf dem die Autos standen.

Bennewitz gab sich gelassen, begutachtete, eine Hand in der Tasche, ein paar Wartburgs, zwei Dacias, ein paar Skodas, einen schwarzen Volvo und, als er schon zurückgehen wollte zum eigenen Wagen, den Wartburg-Tourist.

Er schien neu zu sein, nicht älter als zwei oder drei Jahre. Der blaue Lack glänzte in der Sonne. Bennewitz ging um ihn herum.

Auf dem Fahrersitz lagen Briefumschläge und gefaltete Zettel, es waren ziemlich viele. Ein gefalteter Zettel hatte sich geöffnet, und Bennewitz erkannte die Summe und die Telefonnummer: Das Angebot lag einige tausend Mark über dem Neupreis.

Bennewitz konnte sich nicht lösen von diesem Auto, er dachte an den Urlaub im Ausland, er stand, und er wartete, vergaß das Mittagessen, stand am Rand des Parkplatzes und wartete auf den Besitzer.

Eine Gier hatte ihn gepackt, die ihn alles andere vergessen ließ.

Dann sah er den Besitzer, er war jung, vielleicht fünfundzwanzig, trug eine braune Lederjacke, und seine Haare waren blond. Er saß auf dem Beifahrersitz, während er die Angebote las. Woher, dachte Bennewitz, haben diese Kerle die Autos, die sie verkaufen?

Bennewitz trat auf ihn zu.

»Fünfunddreißig«, sagte er leise.

Der Blonde blinzelte Bennewitz an, als prüfe er sein Gesicht.

»Sie bieten hoch«, sagte er langsam.

»Mich interessiert der Wagen!« sagte Bennewitz.

»Im Kaufvertrag steht fünfundzwanzig«, sagte der Blonde. »Und der Satz, daß keine Forderungen nachträglich erhoben werden können.«

»Ja«, sagte Bennewitz.

»Wieviel zahlen Sie an?«

»Fünftausend sofort«, sagte Bennewitz, »den Rest hole ich von der Bank.«

Der Blonde nickte.

»Akzeptiert«, sagte er.

Bennewitz fuhr eine Proberunde, vorbei an seinem grauen Trabant, den er geflissentlich übersah, fuhr die Straße weiter, bog nach links, als er die Laubenkolonie erreichte, wendete dann und fuhr zum Automarkt zurück, erhielt eine Quittung für sein Geld und schrieb aus dem Ausweis des Blonden Namen und Adresse heraus.

Als er in seinem Trabant saß, der ihm mit einem Male so unendlich eng und wertlos erschien, erfüllte ihn eine ungeheure Freude, seine Brust dehnte sich, als wollte er sie beim Atmen sprengen.

Er hielt das Lenkrad mit beiden Händen umklammert, startete aber noch nicht, sondern blickte vor sich hin. Nun wurde er endlich das Trauma los, den abfälligen Blick des Mannes in der Turnhose, der ihn immer verfolgt und gedemütigt hatte.

Es war eine andere Zeit, es war seine Zeit! Bennewitz wurde sich seines Wertes bewußt, und wie man das Geld verdiente, wußte er nun auch.

Es gab kleine Werke genug wie in Zachau!

Und die Kopierfräse wurde eine Goldgrube. Pittwein brachte den Vorschlag mit von der letzten Tagung der Erzeugnisgruppe, sie könnten für einen Betrieb in Thüringen und für andere Fräsen modernisieren.

»Keine Nachnutzung unseres Vorschlages«, sagte er schmunzelnd, »sondern ein eigener Neuerervorschlag wird eingereicht in diesen Werken. Wir helfen nur dabei. Du oder ich. Die erforderliche Neuerervereinbarung aber realisieren wir dann. Die Abrechnung wird ein Kinderspiel, mein lieber Karl. Die Betriebe brauchen modernisierte Maschinen. Und die Werkleiter drücken alle Augen zu, wenn wir ihnen helfen. Alle!«

Bennewitz erhöhte die Stunden beim Hauptantrieb, bei der Fräsespindel, bei der Pneumatik, der Endmontage und der Fertigung der drei Grundplatten, und er konnte die schon geleistete konstruktive Arbeit bei der ersten Fräse erneut in Rechnung stellen, und in ihrer vollen Höhe. Und Bauer war eingearbeitet und konnte die tatsächlich gebrauchte Arbeitszeit weiter senken.

Nun endlich konnte Bennewitz alles zahlen und zu jeder Stunde, auch Franziskas Kleider aus dem »Exquisit« und ihre Schuhe, jeden Preis, denn jede der bei ihnen modernisierten Maschinen konnten sie auf die gleiche Weise auch in anderen Werken umbauen.

Er verspürte das gleiche Gefühl, das ihn überkommen hatte nach dem Autokauf, wenn er das Scheckheft zog, wenn er die Zahlen einsetzte und dann die Schecks, zusammen mit dem Ausweis, auf die Glasplatte der Verkaufstische legte.

Stand er endlich auf der Seite der Gewinner? War er ein Hans im Glück geworden?

Franziska war zärtlich wie nie zuvor, aber immer maßloser wurden ihre Wünsche nach »bleibenden Werten«, wie sie es nannte. Und je genauer er Franziska beobachtete, desto deutlicher schien es ihm, als ob sich dieser harte Zug um ihren Mund, der ihm mißfiel, immer tiefer in ihr Gesicht eingrub. Die unverhüllte Gier entstellte das gepflegte Gesicht.

Je mehr er grübelte, um so mehr bezweifelte er, daß er Franziska jemals wirklich geliebt hatte. War es nicht Sex gewesen und der Stolz, sie zu besitzen?

»In jeder Ehe«, sagte Röbel, »kommt dieser tote Punkt. Man bleibt zusammen aus Gewohnheit, weil es viel Ärger macht, wenn du alles teilen willst bei der Trennung, das Geld, die Sachen, die Kinder.«

Immer öfter versuchte Bennewitz dem Beischlaf mit Franziska auszuweichen, aber sie war nicht die Frau, die sich das gefallen ließ. Und so zwang er sich nicht selten zur Zärtlichkeit.

Aber sein Werk hatte die Spitze erreicht im Kombinat, war dessen Spitzenbetrieb geworden, der »General« schritt es dreimal ab in einem Jahr an der Seite von Pfaff.

Und da war er: der Händedruck des »Generals«, der in den Flachbau kam und das Zimmer betrat, an dessen Eingangstür zu lesen stand: Bennewitz, Investleiter.

»Der Genosse Bennewitz«, sagte Pfaff.

Der »General« nickte wohlwollend, der Name Bennewitz war ihm nicht fremd . . .

»Biskupek will uns erpressen!« sagte Röbel.

Er war zu Bennewitz in das Auto gestiegen. Seit Tagen, da Röbel eine neue Auspuffanlage benötigte und sie noch nicht bekommen hatte, kam er zu Fuß in das Werk.

Bennewitz startete nicht, die Verblüffung schien seine Hand, die den Zündschlüssel hielt, zu lähmen.

»Was will der Biskupek? Will er mehr?«

»Fahr los, Karl! Gehen wir in eine Kneipe! Ich brauche einfach mal wieder ein ehrliches Gespräch von Kumpel zu Kumpel.«

Bennewitz verspürte keinen Durst, aber er wollte Röbel nicht verärgern, und die Geschichte mit Biskupek mußte er genauer wissen.

»Biskupek ist bei Pittwein gewesen«, sagte Röbel. »Pittwein hat mich zu dem Gespräch gerufen. Biskupek hatte nachgerechnet, was für uns, also für Pittwein, für mich und für dich, bei der nächsten Neuerervereinbarung herausspringen würde. Er meint, es wäre das Mehrfache von dem, was er bekommt. Der Kerl wurde sogar ironisch, Karl! Wenn er schon bei krummen Geschäften mitmache, müsse er als Arbeiter das meiste kriegen.«

»Und Pittwein?« sagte Bennewitz. »Ist er explodiert?«

»Du bist gut! Was sollte Pittwein machen?«

»Alles abstreiten.«

»Ging nicht. Biskupek wußte genau Bescheid.«

»Woher?«

Röbel blickte geradeaus. »Weiß ich nicht. Ist ja nun auch egal.«

»Und was jetzt?« fragte Bennewitz.

»Wir müssen ihm mehr geben.«

»Und wenn andere dann auch kommen?«

»Die kommen nicht!«

»Wer sagt dir das?«

»Biskupek spricht mit keinem über die Sache. Da wäre er ja dumm. Er braucht das Geld für einen Shiguli.«

»Aber da kann er doch nicht einfach zu uns kommen?«

»Er kann«, sagte Röbel mit unbewegtem Gesicht. »Er kann es sogar sehr gut. Ich habe Pittwein nie so klein gesehen.«

Er lachte höhnisch auf.

»Der große Pittwein – ein Zwerg!«

»Ich stelle mein Auto am Park ab«, sagte Bennewitz, »und wir gehen in das Park-Eck.«

»Ja«, sagte Röbel. »Ein guter Vorschlag. Ein paar Weiße versüßen das bescheuerte Leben.«

»Du hast ein Tief«, sagte Bennewitz, als sie aus dem Wagen stiegen.

In der Kneipe fanden sie in einer Nische Platz, fanden einen Tisch, an dem sie allein saßen.

Eine blonde Kellnerin brachte, noch ehe sie bestellt hatten, zwei nicht ganz gefüllte Biergläser, an denen der Schaum herablief.

»Noch vier Weiße«, sagte Röbel, »und zwei Biere.«

»Sofort«, sagte die Blondine. Sie war eine vulgäre, großbusige Schönheit, aber Röbel beachtete sie nicht, obwohl er sonst immer diesen Frauen nachsah. Schon während der Armeezeit.

»Du mußt als erster bluten, Karl«, sagte Röbel. »Das hat Pittwein gesagt.«

»Ich?« fragte Bennewitz.

»Ja, du. Von der nächsten Kopierfräse dreitausend an Biskupek. Da ist er erst mal ruhig.«

»Du bist verrückt!« sagte Bennewitz.

»Sag das Pittwein, nicht mir! Dir bleibt noch immer genug.«

Bennewitz atmete schwer.

»Warum sagt mir Pittwein das nicht selbst?«

Röbel hob die Hände und starrte nun doch auf die schlanken Beine der Kellnerin.

»Frag ihn doch, Karl!«

»Dem Gauner Biskupek«, sagte Bennewitz, »alles in den Rachen werfen, als ob wir Angst vor ihm haben!«

»Wir haben Angst«, sagte Röbel.

Bennewitz kaute auf seiner Unterlippe.

»Das ist das letzte, was ich jemals erwartet hätte, Paul. Wir kriechen vor einem Gauner zu Kreuz. Der Kerl spricht von krummen Geschäften und streicht selbst das Geld ein.«

»Denkst du, wir haben damit gerechnet?« fragte Röbel. »Jahrelang geht es gut, bis so ein Schwein . . .«

Röbel trank zwei doppelte Weiße und winkte, ehe er das zweite Glas absetzte, wieder nach der Kellnerin.

»Und warum das alles?« fragte Bennewitz.

Röbel schlug auf den Tisch, daß sein Glas umkippte und der Alkohol auf die Tischplatte floß.

»Weil das Schwein Biskupek das größte Auto in seiner Straße haben will! Eine Kiste zum Angeben braucht er, nichts weiter! Biskupek braucht so einen Wagen nie. Er fährt nicht ins Ausland, verbringt den Urlaub immer in seinem Schrebergarten, holt das Auto nur zum Putzen raus, zum Vorzeigen . . . ach laß mich!«

Er winkte nach der Kellnerin.

»Du hast genug«, sagte Bennewitz.

»Wir haben nie genug«, sagte Röbel. »Nie! Wir sind unersättlich geworden! Du, ich, alle. Wir kennen kein Maß mehr. Und wofür alles?«

Nach jedem Satz, den er weitersprach, trank er einen Schluck.

»Für eine miese Ehe, aus der man nicht mehr rauskann! Für eine Göre von Tochter, die schon mit fünfzehn Ansprüche stellt wie ihre Mutter! Für wen, Karl, tragen wir unsere Haut zu Markte? Ich frag dich, Karl – für wen? Wir haben am wenigsten davon!«

»Bleib doch ruhig, Paul«, sagte Bennewitz und blickte in der Kneipe umher.

Aber keiner beachtete sie. Der Lärm hatte zugenommen. Am Stammtisch spielten sie einen Skat.

Bennewitz lehnte sich zurück. Hatte er je selbst über das Leben nachgedacht in den letzten Jahren? Gewiß war das Leben eine Hetzjagd. Der Cleverste bekam das Beste. Nur, war man nicht clever genug, so durfte man sich der Unzufriedenheit nicht hingeben. Man durfte nicht wie Röbel denken! Da ging man vor die Hunde, machte Fehler.

Röbel sagte nichts mehr.

Er betrinkt sich, dachte Bennewitz, und wenn er besoffen ist, quatscht er dummes Zeug. Und einmal verquatscht er sich.

Er hob das Glas und stellte es, ohne getrunken zu haben, zurück. Der Schmerz im Magen! Da begann er wieder . . .

Die dreimal verfluchte Angst!

Warum kam sie immer wieder? Wenn man sie nicht los wurde, hatte er einmal gelesen, konnte man Magengeschwüre bekommen.

Röbel saß ihm gegenüber und verwischte mit dem

Zeigefinger seiner rechten Hand einen Rest vom Schaum. Sein Finger malte Kreise, die ineinander verschmolzen.

Diese gleichmäßige, sinnlose Bewegung kann einen verrückt machen, dachte Bennewitz. Hätte ich doch nie begonnen in Röbels Werk!

Aber wollte er verzichten auf dieses Geld, das er nie verdient hätte ohne einen Röbel?

Röbel schien sich nach und nach zu beruhigen. Der Alkohol dämpfte und betäubte seine Unzufriedenheit. Er trank und trank. In der Armeezeit hatte sich Röbel nie betrunken, er nahm damals nur ein Bier oder zwei.

Bennewitz dachte wieder an Biskupek. Er würde ihnen für immer im Nacken sitzen.

Die Kellnerin musterte ihn, einmal lächelte sie ihm zu.

»Keinen Schnaps mehr?« fragte sie.

Bennewitz winkte ab.

Hatte Röbel nicht recht, daß sie kein Maß mehr kannten? Wohin sollte das führen, wenn alle maßlos würden? Soweit durfte man nicht denken, nur an den Schmutz vor der eigenen Tür, nur an ihn allein.

Dieser Schmutz mußte sichtbar werden, sosehr man sich auch bemühte, ihn zu verbergen. Und dann riß es sie alle in den Abgrund, ihn und die ganze Gruppe.

Wie stand es bei ihm selbst? War er glücklich? War Glück Zufriedenheit? Dann wäre er bei Janina glücklich gewesen, auf jeden Fall einige Jahre lang. Aber hätte er je mithalten können mit den anderen? Nie! Wäre er glücklich, wenn er Janina wieder hätte und den Besitz, den er sich heute geschaffen hatte?

Röbel murmelte Worte, die Bennewitz nicht verstand. Er malte noch immer mit dem Finger Kreise auf die Tischplatte.

»Ein Scheißleben«, sagte Röbel.

Ich muß ihn in die Straßenbahn setzen, dachte Bennewitz, aber hoffentlich steigt er auch aus, wenn er zu Hause ist.

Er zahlte die Zeche, und die Kellnerin grinste, als er Röbel durch die Kneipe führte. Bennewitz war froh, als sie auf der Straße standen.

Röbel rülpste.

XI

»Karl!«

Franziska blickt ihn an.

Sie haben sich auf eine Bank gesetzt, um einen Moment auszuruhen.

»Du träumst! Woran denkst du?«

Bennewitz lächelt gequält.

Sie greift nach seiner Hand.

»Machen wir einen neuen Anfang, Karl«, sagt sie.

»Ein neuer Anfang?« sagt er dumpf.

Wie viele Anfänge hatte es schon gegeben in seinem Leben?

Die rechte Begrenzung des Weges, auf dem sie nun weitergehen, ist ein Geländer, das nur aus einer dünnen langen Stange besteht. Hinter ihr beginnt die Tiefe.

Das dumpfe Echo ihrer Schritte begleitet sie. Und eine eigenartige Stille umgibt sie, eine Stille, die unterbrochen wird durch ganz ferne, sehr feine Geräusche, die unwirklich erscheinen, fremd.

»Im Tal ist Nebel«, sagt Franziska, »und auch drüben sieht man keinen Baum.«

»Ja«, sagt Bennewitz gepreßt.

Er spürt einen Kloß in der Kehle, der einen Schmerz verursacht, wenn er schluckt. Ich darf nicht an diesen Augenblick denken, wenn ich es tun werde, denkt er. Erst, wenn wir die Stelle erreicht haben . . .

Franziska geht weiter vor ihm her.

Wind kommt auf, und das Rauschen der Bäume ist stärker als die fernen Geräusche.

Bennewitz schwindelt es leicht. Der Duft der feuchten Erde und der faulenden Blätter ist sehr stark.

Was danach kommt, wenn sie hinabgestürzt ist, weiß er nicht, aber er will nicht mehr an diesen Augenblick denken. Wer zuviel denkt, wird ein Feigling.

Weiter!

Bennewitz schaudert, als er hinabsieht. Der Nebel verwehrt den Blick in das Tal, und langsam scheint er auch zu ihnen hinaufzusteigen. Mehr als vierzig Meter weit können sie nicht sehen.

Er gräbt seine Fingernägel in die Handflächen. Sie laufen einsam wie zwei Menschen auf einem fremden Planeten.

Die Tiefe liegt im Nebel . . .

Wer hinabstürzt, fällt in den Nebel hinein und in den Tod, fällt ohne Zeugen. Solche Unfälle muß es schon gegeben haben. Warum kann er nicht weiterleben mit Franziska? Warum kann er sich nicht scheiden lassen? Warum hatte er nur diesen Röbel getroffen? Das Verbrechen war ein Sog, gegen den man nicht mehr ankämpfen konnte.

Franziska blickt ihn an.

»Es ist gespenstisch, Karl. So habe ich die Schweiz noch nie erlebt.«

»Geh nicht so schnell«, sagt Bennewitz heiser.

Er bleibt wieder stehen und blickt in das Tal.

»Du siehst nichts«, sagt Franziska, »vielleicht reißt der Nebel erst gegen Mittag auf.«

»Da ist so ein Tuckern«, sagt Bennewitz. Franziska läuft weiter.

»Vielleicht ein Traktor. Es lohnt nicht, hinabzusehen.«

Er läuft jetzt dicht hinter ihr, so daß er mit seiner Hand ihre Schulter berühren könnte.

Das Leben ist ein Alptraum, denkt er. Nur Karin macht es lebenswert. Nur sie . . .

Jetzt, da das Ultimatum läuft, weiß er es endgültig.

Ohne Karin will er nicht mehr leben.

Er sah Karin zum ersten Mal am Tag der Intensivierungskonferenz. Als er ihren Rücken sah, wirkte sie fast jungenhaft, als sie sich umwandte, schaute er in Augen, die groß waren, die grau, grün und gelb schimmerten, und ihm schienen sie die schönsten Augen, in die er je geblickt hatte.

Sie sah aus wie eines von den Mädchen in seiner Kindheit, die ihn nicht beachtet hatten, weil er ihnen zu klein gewesen war.

Sie besaß das unbekümmerte Gesicht dieser Mädchen, und sie erinnerte ihn an Janina. Vielleicht fühlte er sich auch deshalb auf eine besondere Weise zu ihr hingezogen.

Karin März trug Jeans und benahm sich so, als würde sie schon seit Jahren im Werk arbeiten. Er erfuhr, daß sie Ökonomin im Hauptbuchhalterbereich war, neunundzwanzig Jahre alt und geschieden. Ein Kind besaß sie nicht.

Sie war nicht direkt schön, ihre Nase schien ein wenig groß, aber sie zog Bennewitz unwiderstehlich an, und er suchte sie mit den Augen, wenn er in der Kantine saß.

Einmal saßen sie sich gegenüber, sprachen aber nicht miteinander, erst als am Tisch das Wort Picasso fiel und Bennewitz von einem Bildband sprach, den er besitze, sah ihn Karin März an.

»Sie haben einen Band von Picasso, Kollege Bennewitz?«

»Sie kennen mich?« fragte Bennewitz erstaunt.

»Wer wird Sie nicht kennen«, erwiderte Karin.

Ihre Worte schmeichelten Bennewitz.

War es Achtung oder Ironie?

»Ich habe eine Schweizer Ausgabe mit englischen Texten und vielen Farbdrucken«, sagte er und dachte daran, daß er nur einmal hineingesehen hatte und dann nie wieder, weil ihm die Bilder nicht gefielen. Das Buch hätte er jedoch nie weggegeben, weil es ihm ein Onkel geschenkt hatte, den er sehr mochte.

»Ob Sie das Buch mal mitbringen?« fragte Karin März. »Nur so zum Anschauen?«

Bennewitz nickte überrascht, und schon am nächsten Tag lag das Buch im Mittelfach seines Schreibtisches, doch ließ er Zeit verrinnen, ehe er Karin März ansprach, weil er sich nicht aufdrängen wollte, mehr noch, weil er schon immer eine gewisse Scheu vor Frauen verspürte, die ihm gefielen.

Dann aber rief er sie doch an . . .

Von ihm bewußt gesucht, folgten ein paar Begegnungen, in der Schlange der Kantinengänger, beim Anstehen an der Verkaufsstelle, bei einem Buchverkauf in der Kantine.

Schließlich wagte er es, sie einzuladen. Sie schlug den Kinobesuch nicht aus und nicht die Fahrt zum Kiessee.

Karin März wußte, daß er verheiratet war, fragte jedoch nicht.

Bennewitz sprach bei Franziska von Dienstreisen, von Arbeiten im Werk, von Neuerervereinbarungen, von Arbeiten in der Garage des Meisters Bauer. Sie nickte ohne eine Regung im Gesicht, gab es doch seit einiger Zeit immer flüchtigere Küsse, die aus Gewohnheit getauscht wurden wie ein Ritual, am Morgen, am Abend.

Karin März nannte ihn nun Karl.

Bennewitz konnte alles vergessen, wenn er sie sah, er

war unruhig wie ein Oberschüler vor dem ersten Rendezvous, und das bei jedem Mal.

Endlich besuchte er sie auch in ihrer Wohnung. Karin besaß in einem alten Haus zwei Zimmer, aus deren Fenstern sie in einen Park blickte, einen sehr kleinen, mit Birken, Buchen, einer Eiche und einer Wiese.

Ein großes Glück war es für diese Karin März, daß sie die Wohnung bekommen hatte, denn sie lebte allein. Bennewitz sah sich in ihren Zimmern um, deren Wände ihn einschüchterten, Wände voller Bilder.

Bennewitz besaß nur den Band von Picasso, dessen Bilder er nicht begriff. Er liebte nur die alten Meister oder die fotografisch genaue Malerei. Die Bilder an den Wänden bereiteten ihm Unbehagen, die Malerei war eine fremde Küste, deren Ufer er scheute.

»Ich male ein bißchen«, sagte Karin und wies auf ein Aquarell, das neben einem alten Regulator hing: ein Akt, dem der Kopf fehlte, als würde ihn Nebel verdecken.

Bennewitz nickte anerkennend, doch er hoffte, sie würde ihn nicht fragen, ob ihm das Bild gefiele. Sie fragte nicht.

Die Möbel stammten von ihrer Großmutter, erfuhr er, sie selbst hätte sie sich nie kaufen können, da auch der Jugendstil schon zu teuer gehandelt würde in den Antiquitätengeschäften.

Nickend bestätigte Bennewitz ihre Worte, von Möbeln verstand er etwas. Vor Jahren hätte er noch nicht mitreden können. Erst als er Pittwein kennenlernte und dessen Ratschlag hörte, alte Möbel zu kaufen, weil sie eine Kapitalanlage seien, die jeder Krise widerstehe, erst seit dieser Zeit eignete er sich das nötige Wissen um Stile und Preise an.

»Meine Vitrine«, sagte er stolz, »kostete viertausend, mein Sekretär sogar fünf. Und ich habe sie bezahlt, noch ehe sie im Antiquitätengeschäft ausgestellt wurden.«

Warum sieht sie mich so an? dachte er. Was hat sie?

»Du druckst wohl das Geld?« lachte Karin. »Ich kann von meinem kaum etwas sparen.«

»Nein, nein«, wehrte Bennewitz ab.

Im anderen Zimmer standen eine braune Liege, eine Truhe aus Korb, ein weißer alter Kleiderschrank, in der Mitte lag ein runder, gehäkelter Teppich.

Der Flur war schmal und lang, eine Tür führte in die Küche, in der braune Möbel standen, die ehemals weiß gewesen waren. Karin hatte sie selbst gestrichen.

»Gemütlich«, sagte Bennewitz.

Karin sprach von ihrer Kindheit, von den Großeltern, vom Dorf und den Feldern, von den Blumen, die sie mochte, von der Ehe, die ein Jahr gewährt hatte und daran zerbrochen war, daß der Mann fremdging.

Bevor Bennewitz sie erneut besuchte, an diesem Donnerstag, an dem er bei Franziska vorgab, er habe in einem Werk in Thüringen zu tun und komme später zurück, fuhr er hinaus vor die Stadt, stoppte den Wagen zwischen den Dörfern Kronstedt und Würzbach, pflückte Blumen, ein paar gelbe, ein paar blaue, viele Gräser, und seltsamerweise störte ihn kein fremder Blick dabei, kein abfälliges Lächeln der Vorbeifahrenden. Er war wieder jung wie bei Janina, die Kornblumen geliebt hatte.

Er kehrte in die Stadt zurück mit einem riesigen Strauß und klingelte bei Karin. Ihre Augen wurden so dunkel, als verschmelze das Gelb, das Grau, das Grün zu einem einzigen dunklen Braun, aber so wurden sie immer, das beobachtete Bennewitz bald, wenn sie eine Freude überraschend traf.

Jede Überraschung, die er ihr bereitete, spiegelte sich in ihren Augen.

Immer aufs neue staunte Bennewitz: Man konnte so echte Freude bereiten ohne Geld?

Franziska wurde nun öfter mit einem Mann gesehen,

der Fenchel hieß, doch Bennewitz berührte das nicht, er lebte neben Franziska her, abends saß er auf der Couch, blickte zum Fernseher, sprach nicht. Er wußte von Freunden und Kollegen, daß es nicht anders war in vielen Ehen.

Und konnte er sich denn von Franziska lösen, von Franziska, der Mitwisserin? Und der Gedanke kam ihm und der Wunsch, sie würde einen Partner finden, sie würde es sein, die eine Trennung wollte. Aber Franziska schwieg.

Es schien Bennewitz, als liefe das Leben mit ihr höflicher ab als früher, nur war es eine kalte Höflichkeit. Und wenn sie ihn nahm, weil sie ihn brauchte – und sie war immer noch die Frau, die ihn zu nehmen wußte –, fühlte er sich wie zerrissen, als sei nur noch sein vorübergehend erhitztes Fleisch an der Vereinigung beteiligt, nicht aber er selbst.

Bennewitz schlief schlecht, auch nach den Stunden, die er mit Karin verbracht hatte, lag er lange wach neben Franziska.

Von nun an, da er Karin kannte und an ein neues Leben dachte, wurde er die innere Unruhe nicht mehr los. Wenn er am Schreibtisch saß, fürchtete er jeden Anruf. Er saß minutenlang, konnte nicht arbeiten, starrte nur auf das Telefon. Wann meldet sich die Staatsanwältin? Oder würde sie eines Tages einfach in der Tür stehen? Hatte er die Gedanken an sie verdrängt, grübelte er über sein Verhältnis zu Karin und zu Franziska.

Und Greiner? Sein Stellvertreter, der Investleiter werden wollte? War da nicht ein Lauern in seinen Augen, das Bennewitz bisher nicht wahrgenommen hatte?

Die Rationalisierung einer Schleifstraße in einem anderen Werk, von Pittwein vermittelt und wiederum abgerechnet auf der Basis einer Neuerervereinbarung, brachte Bennewitz einen persönlichen Gewinn von zehntausend Mark. Aber das Geld stimmte ihn nicht froh. Biskupek mußte er zweitausend Mark geben. Am liebsten hätte er ihm alles hingeworfen, aber er zahlte es doch auf die Konten von Mitwissern ein, denn das eigene durfte nicht mehr wachsen.

Karin sprach von einem Urlaub auf Hiddensee, von zehn Tagen mit einer Freundin und der Tochter des Bruders, die, fünf Jahre alt, noch unter der Scheidung ihrer Eltern leide. Sie würden in einem Zimmer wohnen in Neuendorf, wenn Bennewitz wolle, fände sich vielleicht noch ein Bett. Bennewitz sehnte sich nach einem Urlaub mit Karin, doch der würde die Trennung bedeuten von Franziska, und was sie im Zorn tun würde, war nicht abzusehen.

Je näher der Tag kam, an dem Karin fahren wollte, desto stärker empfand ihn Bennewitz als eine Schranke, vor der er stehenbleiben oder die er durchbrechen mußte.

Bennewitz grübelte, als könnte er ergründen, was ihn erwartete, wenn er den endgültigen Schritt zu Karin vollzöge.

Was wußte Franziska von Karin? Sie fragte nie, wenn er spät kam, sein Abendbrot stand im Kühlschrank, sie selbst saß im Sessel vor dem Fernseher.

Er küßte sie auf die Wange, weil er es immer getan hatte, doch er kam sich schäbig vor.

Sie unternahmen Radtouren an den Wochenenden, fuhren an den Kiessee, an dem er werktags mit Karin saß, doch sie sprachen sich nicht aus, und sie berührten mit keinem Wort die Fremdheit ihrer Beziehung.

Und Bennewitz saß an vielen Abenden am Schreibtisch, tat, als ob er arbeiten müsse, wie er es oft getan hatte in den Jahren, die zurücklagen, er dachte jedoch nur nach, und wenn er an die Entscheidung dachte, die er ganz allein zu treffen hatte, verspürte er Furcht.

Er fuhr gemeinsam mit Karin nach Berlin, als ihn Beratungen für zwei Tage in die Hauptstadt riefen, Beratungen, deren Dauer nur kurz sein würde, ja die er sogar eher verlassen konnte.

Karin nahm zwei Tage Urlaub. Sie übernachteten im »Berolina«, im vorletzten Stockwerk, und sie kosteten die Tage und Nächte aus, als müßten sie Wochen auf Stunden zusammendrängen.

Am Mittag des zweiten Tages, nachdem Bennewitz die Beratung verlassen hatte, besuchten sie eine Ausstellung des Malers Salvadore Dali in der Marienkirche, es waren Bilder zu Dantes »Göttlicher Komödie«.

Grausame Bilder, dachte Bennewitz, unverständliche.

»Die Bilder wecken in mir Angst«, sagte Karin und drückte seine Hand. »Es ist besser«, sagte sie, »wenn man sich die Angst offenbart. Gegenseitig offenbart, meine ich. Das schafft Vertrauen. Ich lese die Angst auch in deinem Gesicht, Karl.«

Jäh erschrak er.

Woher wußte Karin von seiner Angst? Er hatte nie ein Wort gesagt! Aber die Angst nahm tatsächlich Gestalt an in den Bildern, als martere der schwarze Teufel, den er sah, seinen Kopf. Unwillkürlich dachte er an das Gespräch bei Pfaff mit der Staatsanwältin. Was verbarg sich wirklich hinter diesem Gespräch?

»Ich sage dir meine, du sagst mir deine Angst, Karl. Ja?«

Er erschrak erneut, aber er nickte zögernd.

»All das Schöne um uns kann vernichtet werden«, sagte Karin leise, »und es kann in Minuten geschehen. Alles. Unser ganzes Leben. Unsere ganze Welt. Auch das Glück, das ich empfinde, seitdem ich dich kenne, Karl, und das so zerbrechlich ist.«

Sie drückte wieder seine Hand.

»Um das große und um mein kleines Glück, Karl, um beide habe ich Angst.«

Bennewitz wich ihren Augen aus.

»Es sind auch meine Gedanken, es ist auch meine Angst«, log er schnell, beinahe erleichtert.

Was sie noch nicht weiß, dachte er, bedroht ihr Glück viel stärker. Glück . . . Was war mein Glück bisher gewesen, mein Glück mit Franziska? Weiß ich überhaupt zu leben? Weiß ich zu lieben? Sehe ich nicht das Glück anders, seitdem ich Karin kenne?

»Die Bilder«, sagte Karin, als sie zu ihm aufschaute, »haben eine gewaltige Kraft, nicht wahr?«

»Ja«, sagte er.

Und noch einmal: »Ja.«

Der Alltag im Werk verlief für Bennewitz in seiner gewohnten Bahn, wenn er absah von den Problemen, die sich bei der Montage der neuen Kranbahn ergaben. Um so wohlwollender dankte ihm Pittwein, da die Montage sehr schnell vor sich ging.

An den Wochenenden blieb Bennewitz bei Franziska, sie unternahmen Radtouren zum See. Sie lagen auf der Decke, sie lasen, und Bennewitz las die Bücher, die ihm Karin empfahl, las sie schnell, als müsse er in Wochen nachholen, was er in Jahren versäumt hatte. Selten fiel ein Wort. Aber oft täuschte er nur das Lesen vor, um ungestört nachdenken zu können.

An den Wochentagen kam Bennewitz spät nach Hause, nicht an jedem, aber sehr oft, doch Franziska glaubte ihm, glaubte die Arbeit im Werk, die am Reißbrett und in der Garage des Meisters Bauer, glaubte an die Dienstreisen, die sich häuften und ihn in andere Städte führten, wobei ihn Pannen aufhielten, wie er sagte, oder Verspätungen der Züge. Sie glaubte ihm, weil das Geld stimmte.

Einmal, als er schon um fünf kam, obwohl er gesagt hatte, daß eine Reise nach Zwickau anlag, war Franziska nicht in der Wohnung, und sie kam erst, als schon der Film begann.

Franziska war überrascht.

»Eine Feier«, sagte sie hastig, »ein Jubiläum.«

»Hast du dich gut amüsiert?« fragte er ohne Anteilnahme.

»Danke«, sagte sie.

Der Abend des üblichen Schweigens begann mit einem langweiligen Film, und auf keinem anderen Kanal gab es einen besseren.

Sie schalteten auf den Film zurück, der sich, dank unsäglicher Mühe der Schauspieler, bis um zehn Uhr hinzog. Noch ehe das Ende des Filmes nahte, stand Bennewitz auf, wusch sich, lag schon im Bett, als Franziska kam, leise und tastend, denn Bennewitz atmete wie ein Schlafender.

Sollte er sprechen, und an diesem Abend? Fiel ein Geständnis im Dunkeln leichter?

Aber ehe Bennewitz einen Entschluß gefaßt hatte, berührten Franziskas erfahrene Hände seine empfindliche Männlichkeit, und da er sich nur schlafend gestellt hatte, erregte sie sein Verlangen. Und sie war unersättlich in dieser Nacht.

Auf der Toilette stand er neben Pfaff.

»Schon ein Anruf von der Staatsanwältin?« fragte Pfaff.

»Nein«, sagte Bennewitz.

Er blickte in Pfaffs Augen. Aber Pfaff blickte nicht anders als sonst.

»Sicher ruft sie noch an«, sagte er.

»Ja«, sagte Bennewitz.

»Wissen Sie«, sagte Pfaff, »sie hat es nicht leicht. Wie oft stößt sie in einem Betrieb bei einer Untersuchung auf eine merkwürdige, falsch verstandene Solidarität. Die betrogen werden, helfen viel zu selten, die Betrüger zu entlarven. Mir völlig unverständlich.«

»Mir auch«, sagte Bennewitz.

Er saß ratlos, als Karin ihm sagte, daß sie ihn nicht zu einer Scheidung dränge, nie drängen würde. Sie seien beide in ihrer Entscheidung frei, sie und er.

Sicher denkt sie, grübelte Bennewitz, daß ich Angst habe vor der Trennung der Güter. Und er fragte sie auch, ob sie so denke. Er wünschte sich endlich auszusprechen, aber die Angst vor Franziska war stärker, das Alte wollte ihn nicht loslassen. Und immer öfter dachte er an die Staatsanwältin. Zog sich ein unsichtbares Netz um ihn zusammen?

Wenn er im Auto saß, wenn er schnell fuhr, spürte er manchmal den Wunsch, daß alles zerschellen möge in einer irrsinnigen Raserei: ein Tod, der noch vor dem Schmerz kam, der alles löschte und diesen Stein von seiner Brust hob.

Er war gereizt im Werk, der geringste Anlaß genügte, daß er seinen Zorn hinausschleuderte wie ein Vulkan den Steinregen. Nur bei Franziska und Karin beherrschte er sich, als fühlte er sich schuldig vor ihnen.

Er traf Schrader auf dem Flur, als er zu Pfaff ging.

»Guten Tag«, sagte Bennewitz.

Der Hauptbuchhalter musterte Bennewitz mit kühlen Augen und nickte nur im Vorbeigehen.

Schrader war oft in Gedanken versunken und galt als unfreundlich und kontaktarm. Doch Schrader sei das Gewissen des Betriebes, hatte Pfaff einmal zu Bennewitz gesagt. Er schätzte Schrader wegen seiner Gewissenhaftigkeit, seiner Unbestechlichkeit, auch wenn er vielen im Werk unbequem sei. Schrader sei ein Mensch, der vor keinem zurückweichen würde!

Bennewitz blickte Schrader nach.

Was wußte Schrader? Hatte er eine Spur gefunden?

Verfolgte er sie weiter, wenn er auf Pittweins Namen stieß?

Schrader wandte sich um, als er eine Tür öffnete und den Raum betreten wollte, und so trafen sich ihre Blicke noch einmal.

Pittwein hielt das Referat zur Plandiskussion vor den Gewerkschaftsfunktionären und den Leitern des Werkes. Bennewitz saß an einem Vierertisch. Da er zu spät gekommen war, blieb nur dieser Platz an einem Tisch, an dem auch Biskupek saß.

Pittwein sprach bereits.

Als Bennewitz durch den Saal blickte, sah er Karin, die als Vertrauensmann ihres Kollektivs teilnahm. Sie saß neben Schrader und Greiner. Sie grüßten sich mit den Augen.

Pittwein sagte: »Ich brauche nicht lange in diesem Saal zu suchen, also in Ihrem Kreis, liebe Kolleginnen und Kollegen, um beispielhafte Werktätige zu nennen. Ich denke an Kollegen wie Meister Bauer, den Kollegen Biskupek, an unseren Investleiter Bennewitz, die durch ihre Leistungen im Neuererwesen entscheidend dazu beitragen, daß wir in diesem Jahr und auch in den folgenden Jahren unsere Warenproduktion mit einer bedeutend höheren Arbeitsproduktivität, Effektivität und Qualität erfüllen können. Die drei Kollegen stehen stellvertretend für viele.«

Es wurde geklatscht.

Bennewitz glaubte zu empfinden, wie das Blut aus seinem Gesicht wich. Er wagte nicht, zu Karin zu blicken. Er klatschte nicht.

Aber auch Schrader klatschte nur kurz, und Greiner hob nicht einmal die Hände. Bennewitz haßte Greiner, der so tat, als wäre das Werk sein Werk, als wäre jede überzogene Pause ein Unglück! Was hatte ihm sein Bienenfleiß schon eingebracht? Greiner fuhr Straßenbahn. Es war lächerlich.

Biskupek saß kerzengerade und strahlte. Er genoß Pittweins Lob.

Die Magenschmerzen meldeten sich. Warum, dachte Bennewitz, kann ich nicht so ruhig dasitzen wie die ehrlichen Kerle, so wie Hempel, so wie Gartmann? Und warum klatschten Greiner und Schrader nicht? Hielten sie sich zurück, weil der Name Bennewitz gefallen war?

Seine Augen glitten über die Gesichter, über die müden und die wachen, über die gleichgültigen und die interessierten.

Sitze ich mit ihnen in einem Zug, dachte Bennewitz, oder sitze ich in einem anderen, der dem Abgrund entgegenrollt?

Karin wich seinen Augen aus.

Was kann ich tun? dachte er. Die nächste Neuerervereinbarung hat Pittwein schon angedeutet. Sie verspricht einen hohen Gewinn. Nur noch diese eine . . . Was sollte ich Pittwein sagen, wenn ich sie ablehnte?

Und Franziska? Was würde Franziska tun?

Auch Biskupek hat mich in der Hand.

»Es geht darum«, sagte Pittwein – und er blickte über den erhobenen Zeigefinger seiner rechten Hand hinweg in die Gesichter im Saal –, »eine hohe arbeitstägliche Leistung bis zum letzten Tag des Jahres zu gewährleisten.«

Ich muß wieder ehrlich arbeiten, dachte Bennewitz. Aber die Unterlagen im Büro für Neuererwesen, alle die Neuerervereinbarungen und Abrechnungen! Noch nach Jahren konnte alles aufgedeckt werden, wenn eine genaue Kontrolle vorgenommen wurde.

Er blickte auf das rote Tuch, mit dem das Pult, von dem aus Pittwein sprach, ausgeschlagen war.

Ein Brand!

Das Feuer müßte alle Unterlagen vernichten!

Bennewitz blickte wie gebannt auf das rote Tuch.

Ein Feuer mußte alles löschen!

Aber was folgte danach?

Franziska!

Die größte Gefahr drohte von Franziska!

Er erschrak, als das Klatschen begann. Mechanisch hob er die Hände und klatschte auch.

Am Abend brannte das Fieber in ihm, ganz plötzlich begann es, stieg am Abend noch höher, und in der Nacht war es so hoch, daß er Franziska wecken mußte. Als er in den Spiegel sah, war das Zahnfleisch geschwollen, an manchen Stellen beinahe weiß.

»Fast vierzig Grad«, sagte Franziska erschrocken, als sie das Thermometer ins Licht der Nachttischlampe hielt.

Sie wickelte seine Waden in feuchte Tücher.

Der Arzt, den Franziska früh aus der Poliklinik herbeirief, sprach von einer Infektion.

Bennewitz schien es, als sei das Zahnfleisch eine einzige Wunde, und er nickte, als er die Fragen des Arztes vernahm, ob er Obst gegessen habe, frisches Obst, Erdbeeren vielleicht.

Das Fieber blieb vier Tage.

Franziska pflegte Bennewitz, ihre Pflege unterschied sich nicht von der vergangener Jahre. Bennewitz bedurfte einer solchen Pflege, wenn er krank war. Er lag und beobachtete Franziska, doch er dachte an Karin, die ohne Nachricht blieb, weil sie sein Haus nie betreten würde.

Franziska legte eine Decke über ihn, als sie ihn frösteln sah, die Schultern ließ sie unbedeckt.

Alles kommt auf einmal, dachte Bennewitz, seine Gedanken trieben den Schweiß aus den Poren, so daß er naß lag wie nach einem Schwitzbad.

Bennewitz erwachte am fünften Tag mit klarem Kopf. Er erhob sich, wusch sich, zog sich an.

Als er die Telefonzelle erreichte, packte ihn Schwäche, er stand in der Zelle, klammerte sich fest am Apparat, stand eine Ewigkeit, ehe er die Nummer seines Betriebes wählte.

Bennewitz sprach mit belegter Stimme, er hörte Karins Stimme so leise, als führte er ein Ferngespräch, vernahm, daß sie kommen wolle, sofort, zu Schrader würde sie sagen, sie müsse zum Arzt.

Bennewitz nickte, ehe er auflegte, wankte wie in Trance die Straße zurück nach Hause. Mit großer Mühe erreichte er seine Wohnung. Dann schlief er wie tot, erst das Klingeln weckte ihn. Müde schleppte er sich zur Tür.

Karin streichelte seinen Arm, als sie ihn vorsichtig zum Bett führte.

Sie habe von seiner Krankheit in der Kantine gehört und keine Ruhe gefunden in diesen Tagen. Während er ihrer Stimme lauschte, fühlte er in sich wieder Kraft wachsen, Karins Stimme tat ihm gut, ja es schien ihm, als ob ihre Anwesenheit genügte, ihn wieder gesund zu machen.

Aber das Gefühl schwand, und er begriff mit einemmal, daß er nicht mehr ohne die Angst leben würde.

»Was hast du?« fragte Karin.

Bennewitz sprach von einem leichten Schmerz im Kopf, der manchmal schnell komme und schnell wieder vergehe, sicher hänge es mit der Krankheit zusammen.

»Es wird alles gut«, sagte Karin.

Ihre Hände glitten über sein Gesicht, seine Brust, die eine Hand blieb liegen über seinem Herzen.

»Es schlägt so heftig«, sagte Karin, »als hättest du einen Berg erstiegen.«

»Die Freude«, log Bennewitz, »die Freude . . .«

XII

»Wir sind allein«, sagt Franziska.

Bennewitz nickt nur. Er will nichts mehr sagen, bis es geschehen ist. Er wird erst wieder reden, wenn das Verhör beginnt.

Wie werden sie aussehen, die ihn verhören? Sind es Männer, wie man sie im Film sieht, im Fernsehen, wie sie beschrieben werden in den Romanen? Eines ist sicher, sie werden geschulte Jäger sein. Aber sie werden ihm nichts beweisen können. Er ist der Täter. Er ist der einzige Zeuge. Und er wird nichts sagen, was ihn belastet. Sie müßten ihm seine Schuld beweisen, nicht er ihnen seine Unschuld.

Bennewitz blickt den Weg zurück. Er sieht keinen Menschen. Auch vor ihm liegt der Weg so einsam, als mieden ihn alle Wanderer an diesem Tag.

Tiefe Stille umgibt sie beide. Nur von fern ertönt ein Jodeln.

Er geht nun dicht hinter Franziska, weil der Weg so schmal wird, daß man nicht nebeneinander laufen kann.

Ein kleiner Stoß wird genügen, sagt eine Stimme in Bennewitz. Ein Unfall, wird es heißen. Also ein Stoß, ein kleiner Stoß . . . Oder du stolperst und berührst sie dabei, keiner wird Verdacht schöpfen.

Starr heftet Bennewitz seinen Blick auf den Weg, der eigentlich nur noch ein Pfad ist. Wenn sie sich nur nicht umdreht! denkt er. Ich will sie nicht ansehen, wenn ich es tue. Es ist schwer genug, auch wenn ich sie hasse. Auf den nächsten fünfzig Metern muß es geschehen. Oder es geschieht nie. Je länger ich zögere, um so größer wird die Gefahr, daß ich Karin verliere.

Ihm wird übel. Mein Magen, denkt er. Muß der Schmerz jetzt beginnen?

Franziska läuft sehr vorsichtig am Rand des Pfades.

Dann bleibt sie plötzlich vor Bennewitz stehen und neckt ihn mit einem Grashalm.

»Mister Griesgram«, sagt sie. »Raus mit der Arbeit aus deinem Kopf!«

»Laß das!« stößt er zwischen den Zähnen hervor und reißt ihr den Halm aus der Hand.

Franziska schüttelt den Kopf.

»Du siehst mich an, als wolltest du mich umbringen. Herrgott, bist du sonderbar. Ich werde mit Pittwein reden, daß er dich schont. Zwei Dienstreisen in einer Woche und zwei Nachmittage bei Meister Bauer, das ist zuviel. Du mußt kürzer treten, du bist überarbeitet, Karl.«

Sie steht vor ihm.

»Warum guckst du dich immer um? Hast du etwa Angst?«

Er schüttelt den Kopf.

»Es ist nichts«, sagt Bennewitz dumpf. »Ich will keine Menschen sehen.«

»Das kann ich verstehen«, sagt Franziska und geht weiter.

Plötzlich bleibt sie stehen, an der schmalsten Stelle des Pfades, und beugt sich nach vorn, um hinabzublikken.

Bennewitz steht hinter ihr.

Da ist wieder die Stimme: Gib ihr den Stoß und sei frei! Sie läßt dich freiwillig nie los!

»Diese Tiefe«, sagt Franziska schaudernd. »Und hier fehlt das Geländer. Ausgerechnet hier!«

Bennewitz zittert.

Du brauchst nicht einmal die Hände zu nehmen, sagt die Stimme, du brauchst nur zu stolpern, selbst ein Beobachter, wenn es einen gibt, wird keine Absicht erkennen. In der Sekunde, die du wartest, kann die Möglichkeit vertan sein, weil sie sich wieder zurückbeugt! Du mußt es tun!

Er hebt den Arm, aber er läßt ihn wieder sinken, weil er denkt, daß sich Franziska umwendet.

Jetzt!

Er schließt die Augen, hebt den rechten Arm erneut. Seine Fingerspitzen berühren ihren Anorak ...

Franziskas Schrei gellt in seinen Ohren. Er reißt die Augen auf, doch sie steht nicht mehr vor ihm.

Aber er hat sie doch kaum berührt?

Er hört ein Sausen in seinen Ohren, das stärker wird und stärker.

Hat er sie denn so berührt, daß sie fallen konnte?

Er taumelt zurück, hockt im Gras und ist nicht fähig, einen Gedanken zu fassen.

XIII

Bennewitz sitzt auf dem Stuhl, er verkrampft die Finger ineinander, und seine Handflächen sind feucht.

»Also noch einmal«, sagt der Mann hinter dem Schreibtisch und blickt flüchtig zu seinem Kollegen, der auf die Tasten der Schreibmaschine hämmert.

»Sie gingen also den Weg immer weiter. Und plötzlich blieben Sie stehen?«

»Meine Frau blieb zuerst stehen«, antwortet Bennewitz und blickt in die lebhaften Augen des aschblonden Mannes. Der trägt einen grauen Anzug, ein rosa Hemd und einen blauen Binder, dessen Knoten er nicht um einen Zentimeter lockert. Er blickt in die Augen des jungenhaften Mannes, der sicher nicht mehr als einhundertfünfzig Pfund wiegt, obwohl er über einen Meter achtzig groß ist, in dessen langem, schmalen Gesicht keine Regung zu erkennen ist. Bennewitz meint, er sei viel zu jung für den Chef einer Morduntersuchungskommission, der er sicher ist. Bennewitz hört, daß dieser Mann Kellermann heißt.

»Ihre Frau stand am Rand des Weges, Herr Bennewitz?«

»Ja«, antwortet Bennewitz.

»Was tat sie?«

»Sie sah hinab.«

»Aber es war Nebel!«

»Sie tat es trotzdem. Vor der Tiefe hatte sie nie Angst.«
»Und was taten Sie?«
»Ich blieb auch stehen.«
»Wo genau?«
»Ich verstehe nicht«, sagt Bennewitz.
»Seitlich vor Ihrer Frau, neben ihr, hinter ihr?«
»Ich stand hinter ihr.«
»Hm . . . Was taten Sie dann?«
»Was soll ich getan haben? Ich wartete, daß sie weiterging.«
»Sie standen und warteten?«
»Ja.«
»Ihre Frau stand dicht am Rand und beugte sich vor?«
»Ja.«
»Warum standen Sie nicht neben ihr?«
»Ich kann nicht in die Tiefe sehen. Ich bin nicht schwindelfrei.«
»Und dann stürzte Ihre Frau nach vorn?«
»Ja.«
»Verlor sie das Gleichgewicht?«
»Ich habe es nicht gesehen.«
»Wie bitte, Herr Bennewitz?«
»Ich habe es nicht gesehen.«
»Das müssen Sie uns erklären.«
»Ich hielt die Augen geschlossen.«
»Sie hielten die Augen geschlossen?«
»Da war so ein Gefühl. Ich kann es nicht erklären. Ich mußte sie schließen. Ich fühlte mich nicht ganz wohl. Ich hatte Magenschmerzen. Schon seit dem Vortag.«
»Und was geschah, als Sie die Augen öffneten?«
»Es ging alles so schnell«, stößt Bennewitz hervor. »Ich hörte sie schreien, und als ich die Augen aufriß, stand sie nicht mehr vor mir, sie war . . . sie . . . war . . .«
»Hinabgestürzt«, ergänzt der Mann.
Bennewitz nickt: Ein Kloß sitzt im Hals, der ihm die Luft

nimmt, und ein Zittern überfällt seinen Körper. Was war wirklich geschehen? Wußte er es ganz genau? Hatte er sie hinabgestoßen, wie dieser Mann zu glauben schien, der ihn nicht aus den Augen ließ? War er ein Mörder? Oder war er unschuldig?

In rasender Schnelligkeit jagen die Fragen durch seinen Kopf, noch ehe der Mann mit der korrekt gebundenen Krawatte seine eigenen stellt.

Bin ich ein Mörder? denkt Bennewitz. Habe ich den Arm ausgestreckt und sie gestoßen und kann mich nicht mehr daran erinnern?

Bennewitz holt tief Luft.

»Wollen Sie etwas aussagen, Herr Bennewitz?«

Bennewitz schüttelt den Kopf.

»Was taten Sie, nachdem Ihre Frau abgestürzt war?«

»Ich trat an den Rand des Abgrundes, um zu sehen, wo sie lag.«

»Ich denke, Sie sind nicht schwindelfrei?«

»Aber ich bitte Sie«, sagt Bennewitz, »das war doch keine gewöhnliche Situation. Sie ist doch meine Frau, ich . . .«

Bennewitz preßt das Gesicht in seine Hände.

»Schon gut«, hört er.

Der Pfad . . .

Die Tiefe . . .

Franziskas Rücken . . .

Der Schrei . . .

Was war geschehen?

Bennewitz wagt nicht, den Kopf zu heben. Er will nicht in die grauen, forschenden Augen dieses Kellermann sehen, der ihn verhört, in diese aufmerksamen Augen, denen nichts entgeht, die geschult sind, jede Geste, jede Regung wahrzunehmen. Das Gesicht des Mannes bleibt unbewegt.

Er sitzt mir im Nacken, denkt Bennewitz. Er wird zäh

sein. Es ist sein Beruf, zäh zu sein. Aber das habe ich doch gewußt.

»Können wir weitermachen, Herr Bennewitz?«

Bennewitz hebt den Kopf aus den Händen.

»Stehe ich unter Mordverdacht?« fragt er leise.

»Wir untersuchen jeden unnatürlichen Todesfall, Herr Bennewitz.«

Der Mann verrückt einen Bleistift, der vor ihm auf der Schreibtischplatte liegt, um mehrere Zentimeter, legt ihn dann zurück auf den alten Platz.

»Wie schätzen Sie das Verhältnis zu Ihrer Frau ein, Herr Bennewitz?«

»Es war gut.«

»Seit wann waren Sie verheiratet?«

Bennewitz zögert, doch dann erinnert er sich an das Datum.

»Hat es Spannungen gegeben, Herr Bennewitz?«

»Nein. Mal ein kleiner Streit. Ja . . . so wie überall.«

Der Mann nickt, und sein Kollege hat die letzten Antworten in die Maschine getippt. Er lehnt sich zurück.

Der Mann hinter dem Schreibtisch stellt seine Frage sehr schnell.

»Haben Sie intime Beziehungen zu einer anderen Frau?«

Bennewitz entfährt ein »Nein«. Er bereut das Wort, als es gesagt ist, aber er kann es nicht zurücknehmen, denn das würde Verdacht erwecken.

Werden sie auf Karin stoßen, wenn sie sein Umfeld absuchen? Was wird er ermitteln, dieser Mann mit seinem Stab? In welche Widersprüche werden sie ihn verwikkeln? Dieses Verhör ist nur der Anfang, läßt vieles ahnen, eine zermürbende Fortsetzung.

»Es wäre gut«, hört er, »wenn Sie einen Augenblick warten wegen Ihrer Unterschrift. Sie müssen das Protokoll abzeichnen.«

»Ja«, sagt Bennewitz.

Der Mann, der ihn verhört hat, erhebt sich und prüft mit zwei Fingern seiner rechten Hand den Sitz des Binders.

»Sie können nebenan warten, Herr Bennewitz.«

Müde erhebt sich Bennewitz. In zwei Stunden, denkt er, werde ich zu Hause sein. Zu Hause . . .

Im Nebenraum stehen zwei Stühle und ein kleiner Tisch, auf dem ein »Neues Deutschland« liegt.

Die Tür schließt sich hinter Bennewitz, und er sitzt allein im Raum, hört nur die Stimmen der beiden Männer nebenan. Er zittert jetzt so stark, daß er seine Finger um die Knie krallt.

Solange er auch nachdenkt, er findet keine Antwort auf die Frage, ob er es getan hat. Aber wenn er selbst es nicht weiß, wie soll ihm dieser Mann glauben, der ihn verhört?

Er fühlt sich ausgebrannt und leer. Er hat Angst, wenn er daran denkt, daß er heute Karin wiedersehen wird. Die zwei Tage im Krankenhaus, in das sie ihn wegen des Schocks eingeliefert hatten, und der Vormittag in der Bezirksbehörde der Volkspolizei sind doch dann vergessen, schon am Nachmittag kann er in seiner Wohnung sein.

Er entnimmt seiner Brieftasche ein Blatt Papier und beginnt zu lesen, obwohl er die Sätze bald auswendig hersagen könnte. Es ist ein Brief, den ihm Karin gegeben hatte, ehe sie in den Zug nach Stralsund stieg, um auf Hiddensee ihren Urlaub zu verbringen. Und Bennewitz liest, während die Stimmen der Polizisten gedämpft aus dem Nebenzimmer an sein Ohr dringen:

Lieber,

auf morgen freue ich mich sehr, auf den Nachmittag am See. Deine Zärtlichkeit ist wie eine Sonne für mich, die wärmt und sanft macht. Es ist möglich, daß ich Dir diese Zeilen einmal gebe, es kommt auf Dich an. Wenn Du Dich morgen sehr freust und das auch zeigst, sende ich ihn ab, bevor ich in den Urlaub fahre.

Ich hatte einen kurzen Moment die Vision, an der Anlegestelle in Neuendorf zu stehen und auf das Schiff zu warten, mit dem Du kommst. Und neben mir steht das Kind, das nicht meines ist, und es stört Dich nicht, im Gegenteil, Du bist froh und glücklich. Es ist grau und neblig, und wir warten trotzdem.

Entschuldige, Lieber, ich bin hoffnungslos romantisch. Dabei bemühe ich mich, es nicht zu sein.

Und doch . . .

Und ausgerechnet ich erlebe eine solche Courths-Mahler-Geschichte.

So etwas Ähnliches ist mir schon mal passiert. Aber das erzähle ich Dir lieber.

Ich glaube, daß Du für mich der Mann sein kannst, den ich brauche, daß Du es bist, den ich gesucht habe. Ich hänge wirklich an meiner Freiheit und hätte sie gern ein wenig länger gehütet, aber Du bist für mich derart kompakt, und ich bin so fest überzeugt, daß ich heute schon sagen kann, daß es (hoffentlich) gut geht mit uns und dem Zusammenleben.

Heute, auf den Tag genau, kennen wir uns vier Monate. Und doch ist schon alles so stark.

Ich bin unruhig und ruhig zugleich, ich freue mich und verspüre doch eine gewisse Wehmut. Ein unerklärliches Gefühl.

Und Du bist so zärtlich. Fast ist mir, als hätte es alles, was vor diesem Tag mit mir geschah, nie gegeben, obwohl es wunderschöne Stunden gab und viele Erinnerungen.

Eigentlich lebt man miteinander von der Erinnerung, von den gemeinsam erlebten Dingen. Wenn man lange zusammen bleibt, kann das wohl ein Leben ausfüllen. Ich freue mich darauf, mit Dir zusammen zu leben.

Stell Dir mal vor, wir gehen so miteinander um, wie wir das jetzt tun, wie wohl Ich mich bei Dir fühlen würde!

Glaubst Du, daß wir eine Chance haben, uns das recht lange zu erhalten?

Ich umarme Dich ganz fest,
Bis bald, Lieber,
Karin

Bennewitz steckt den Brief sorgfältig in die Tasche, wie einen kostbaren Besitz. Kann nun das Leben nicht so werden, wie es verlief in den drei herrlichen Tagen mit Karin auf Hiddensee?

Als der Dampfer anlegte in Neuendorf, erblickte er Karin. Sie blinzelte, weil sie ein wenig kurzsichtig war und keine Brille trug.

Die Menschen quälten sich unendlich langsam aus dem Schiff. Bennewitz winkte Karin, aber sie sah ihn noch nicht.

Endlich hielt er sie in seinen Armen, stand mit ihr im Strom der Menschen, der noch immer aus dem Schiff quoll. Sie klammerte sich an ihm fest, daß er den Druck ihrer Finger in seinem Rücken spürte.

»Daß du da bist«, sagte sie.

Sie habe auch um zehn Uhr gewartet, fuhr sie fort, da sie Arm in Arm weiterschritten, als das Schiff aus Schaprode gekommen sei. Sie hatte gefürchtet, er würde nicht mehr kommen, vielleicht gar nicht kommen. Sie wohnte in einem der ersten Häuser, wohnte dort mit dem Kind ihres Bruders und der Freundin in einem Zimmer unter dem Dach. Für ihn habe sie ein anderes Zimmer gefunden. Sie wies mit der Hand auf ein weißes Haus.

Der Wind spielte Bennewitz Karins Haare ins Gesicht. Der Himmel war blau wie auf den Fotos, die an den besten Tagen entstanden waren, die die Insel kannte.

»Sonne«, sagte Karin, »nur Sonne, aber auch viel Wind.«

Drei Tage hatten ihr Gesicht gebräunt.

Das Zimmer, in dem Bennewitz in den folgenden Nächten schlief, war klein, zwei Betten, ein alter brauner Schrank und ein kleiner, einfacher Tisch, an dem zwei Stühle standen. Die Wände waren kahl und weiß.

Am Abend, als das Kind schlief, kam Karin zu ihm, blieb in dieser Nacht und den weiteren. Sie war biegsam und leicht, diese Karin, mädchenhaft und doch Frau.

Am folgenden Tag standen sie auf dem Deck des Dampfers, der nach Vitte durch die Wellen stampfte, die Freundin, das Kind, Karin und Bennewitz.

Sie stiegen ab, als er anlegte, wanderten weiter, wanderten durch ein Dorf, das Grieben hieß und nur aus wenigen Häusern bestand. Sie gingen über Wiesen voll gelber Butterblumen und den Strand entlang.

Einmal war der Strand überspült, die Wellen schlugen an die steilen Hänge, zwangen sie, ihre Schuhe abzustreifen und die Hosen hochzukrempeln bis über die Knie.

Bennewitz hob das Kind auf seine Schultern. Es klatschte in die Hände und jauchzte. Es hieß Helga und war schüchtern und zart.

Einmal überraschte sie Regen, später Sturm, der ihnen entgegenschlug, als wolle er ihre Schritte hemmen und sie wegblasen vom Strand, den dornigen Hang hinauf.

Sie erreichten Neuendorf, als es schon zu dunkeln begann.

Sie blieben noch drei Tage. Es schien Bennewitz, als ob die Insel eine Oase wäre, die ihre Bewohner und Gäste glücklich machte, die jede Furcht löschte, alle quälenden Gedanken.

Nachts jedoch träumte er von der Staatsanwältin, von Pfaff und Schrader. Er sah sie, wie sie seine Abrechnungen kontrollierten, seinen Schreibtisch durchsuchten, seine Aktenhefter Blatt für Blatt lasen. Er sah sich einsam am Strand, er wanderte Stunde um Stunde, Kilometer um Kilometer. Und plötzlich trat aus dem Nebel, der über dem Strand lag, Schrader auf ihn zu mit einem Ordner. Und dem Hauptbuchhalter folgte die Staatsanwältin.

Er erwachte, und sein Herz klopfte stark.

Karin lag ruhig an seiner Schulter. Ihr Atem streifte seine Brust. Der Wind rüttelte an den Fensterläden.

Stunde um Stunde lag er neben Karin wach.

Die Gedanken bohrten auch am Tag weiter.

Einmal, mitten in einem Gespräch über das, was sie vom Leben erwartet, fragte Karin, ob er das Märchen kenne vom Fischer und seiner Frau, und da er nicht antwortete, mochte sie wohl meinen, daß es ihm fremd sei, denn er hörte, da er sie nicht unterbrach, von dem Mann, dessen Frau so hoch hinauswollte, daß sie am Ende wieder dort landete, wo sie hergekommen war: im Pißpott.

Bennewitz mußte lächeln, weil Karin das Wort »Pißpott« in so schönem singendem Platt sprach, aber er äußerte sich nicht zu dem Märchen. Karin goß Whisky ein aus einer Flasche, die sie nur deshalb gekauft hatte, weil sie wußte, daß er die Marke mochte.

»Ich habe etwas gegen künstlich geschaffene Bedürfnisse«, fuhr Karin fort, »viele halten sie für echte, aber sie irren sich, und werden sie ihnen erfüllt, dann werden sie nicht glücklicher, weil sie mit dem, was sie nun besitzen, nichts anzufangen wissen. Es bereichert ihren Besitz, aber nicht ihr Leben.«

Bennewitz schwieg noch immer, aber sicher erwartete Karin auch keine Antwort. Sie erinnerte ihn an Janina, sie war nur klüger, realistischer, aber sie lebte auf die gleiche unbekümmerte Art und weckte ganz allmählich einen Bennewitz, der dem Bennewitz der letzten Jahre ganz und gar unähnlich war und der über sich selber staunte, weil er als neuer Bennewitz zu leben wünschte.

Sie lagen auf der Liege, er auf dem Rücken, sie auf dem Bauch, und sie stützte ihren Kopf auf ihre Handflächen, um ihn ansehen zu können.

Bennewitz hatte die Augen geschlossen, und seine Glieder schienen ihm schwer.

»Ich hätte nie gedacht«, sagte sie, »daß du so anders bist, Karl, anders als das Bild, das ich mir von dir gemacht hatte im Betrieb.«

Er schlug die Augen auf.

»Wieso?«

»Die meisten halten dich für den großen Bennewitz, den Erfolgreichen, ohne den es nicht geht. Und sie meinen, für dich gäbe es nur eine Liebe, der du alles unterordnest: deine Arbeit. In Wirklichkeit bist du anders. Du bist empfindlich, sogar unsicher. Du hast Gefühle, aber du unterdrückst sie, hast dir einen Panzer wachsen lassen, mit dem du dich gegen die Welt abzuschirmen versuchst. Du lebst zwei Leben.«

Karin holte tief Luft.

»Weißt du«, sagte sie dann, »ich könnte nicht so leben wie du, und ich wollte, du könntest es auch nicht.«

Sie lächelte, als sie in seine Augen blickte.

»Wer bist du, Karl? Verrat es mir.«

Wenn du wüßtest, dachte Bennewitz und fröstelte trotz ihrer Nähe. Wer ich wirklich bin, weißt du nicht, du ahnst es nicht einmal, und ich wage es dir nicht zu gestehen, weil dieses Wissen dein Gefühl für mich zerstören wird, unerbittlich, unausweichlich.

»Mein großer Bennewitz«, sagte Karin zärtlich.

Wie soll das enden? dachte Bennewitz.

Franziska und Karin, sie sind zwar so verschieden, doch in einem sind sie gleich, sie sind Frauen, die man nicht ungestraft hintergehen kann.

Erschreckend deutlich befiel ihn der Gedanke, daß er auf eine Katastrophe zutrieb. Franziska würde ihn nicht aufgeben, sie war das »große« Geld gewöhnt, und sie konnte geltend machen, daß sie ihn immer noch zu erregen verstand. Konnte er überhaupt einen Bruch riskieren mit Franziska? Franziska konnte ihn vernichten, konnte ihm alles nehmen, den Beruf, die Liebe, die Freiheit, das Ansehen . . .

Man konnte allem aus dem Wege gehen. Man konnte mit Franziska weiterleben. Konnte man es wirklich noch?

Er hört die Stimmen der Männer im Nebenzimmer.

Er preßt die Fäuste in die Augenhöhlen.

Er darf nur noch an das eine denken, an das neue Leben mit Karin! Nur dieses Leben zählt! Das alte muß er vergessen! Für immer! Und dazu gehört Franziskas Tod.

»Es ist nicht gut, wie wir leben«, hört er Karin sagen. »Ich denke oft, Karl, daß in vielen Menschen die Poesie gestorben ist. Sie leben nicht. Sie raffen Werte zusammen und können sich über keinen Vogel mehr freuen. Dann wieder gibt es Menschen, die können hingebungsvoll arbeiten, vergessen aber zu leben.«

Sie meint mich, denkt Bennewitz, doch sie schätzt mich falsch ein, weil sie mich nicht richtig kennt. Ich gehöre zu den anderen!

Ich werde vieles erlernen müssen, wenn ich mit dieser Frau einmal leben will. Das wird eine andere Partnerschaft sein als die mit Franziska, sie wird nicht leicht sein, weil für Karin andere Werte zählen als äußerer Erfolg und materieller Besitz, es wird eine andere Beziehung sein als die sinnliche und zugreifende, die mich mit Franziska verband.

Die Tür wird aufgerissen, der schlanke Blonde steht im Türrahmen, dieser Kellermann.

»Sie können das Protokoll unterschreiben, Herr Bennewitz.«

Und wieder spricht er die Worte ein wenig atemlos.

Bennewitz erhebt sich.

Diese Unterschrift und dann zurückfahren zu Karin!

Zu ihr!

Er sieht den Mann nicht an, als er an ihm vorbeigeht.

XIV

Bennewitz schließt die Tür hinter sich.

Seine Wohnung!

Er lehnt sich mit dem Rücken an das Holz der Tür. Er hat es geschafft! Er hat es wirklich geschafft! Er wird nun auch alles weitere schaffen, wenn er nur die Nerven behält.

Er stößt sich ab von der Tür und zieht die Jacke aus, um sie an den Wiener Garderobenständer zu hängen. Doch die Vergangenheit überfällt ihn unvermittelt. Der lilafarbene Hut mit der breiten Krempe, den er nicht mag, Franziskas Hut! Auffällig und provozierend hängt er da.

Bennewitz wirft den Hut in den Schrank, schließt heftig die Schranktür.

Das Gefühl der Erleichterung, das er zu empfinden glaubte, als er die Wohnung betrat, ist schon wieder gewichen. Die Unruhe, die verfluchte Unruhe meldet sich aufs neue. Sie begann schon vor der Vernehmung, als er nachdachte über Franziskas Schrei, über die Augenblicke, die ihm vorausgingen.

Die Erinnerung an Franziska wird nur langsam verlöschen, würde es schneller geschehen, wenn er zu Karin zöge? Doch das ist nicht möglich, Karin darf er nicht sehen in der nächsten Zeit, nur heute, wenn es dunkel wird, kann er sie besuchen, um ihr zu sagen, daß sie beide vorsichtig sein müssen. Furcht spürt er vor diesem Gespräch, eine Scheu hält ihn zurück, die er sich nicht erklären kann. Wie soll er begründen, daß sie sich nicht sehen dürfen? Wer frei ist von Schuld, braucht sich nicht zu verstecken.

Dann liegt er auf der Couch mit dem Kopf auf einem Kissen und den Schuhen auf der Lehne, liegt reglos, blickt zur weißgetünchten Decke.

Er schließt die Augen. In der dunklen Stille hört er den Regulator laut wie eine Turmuhr. Sein Herz schlägt schnell, viel schneller als die Uhr.

Und wieder steht er hinter Franziska, die hinabblickt in das neblige Tal. Aber sooft er auch dieses Bild sieht, er sieht nichts anderes. Er sieht Franziskas Rücken, nur diesen einen Augenblick, er träumt nicht weiter, als ob eine Sperre in seinem Gehirn die Erinnerung blockiert.

Er öffnet die Augen, erhebt sich, geht zum Radio und sucht einen Sender, dessen fröhliche Musik ihn ablenkt von seinen quälenden Gedanken. Er darf sie nicht laut hören, diese Musik. Daß er sie hört, könnte ihm falsch ausgelegt werden bei einer Befragung der Nachbarn. Er muß alles unterlassen, was Verdacht erregen kann.

Er wird leben müssen unter Mordverdacht, ob er schuldig ist oder nicht.

Er erschrickt, als er die Wohnungsklingel hört.

Es ist Pittwein.

Pittwein kommt zu ihm?

»Endlich, Karl. Das vierte Mal versuch ich, dich anzutreffen. Oder wenigstens Franziska.«

Er spricht gehetzt und schnell, so wie ihn Bennewitz nicht kennt, und ein Flackern zuckt in seinen Augen. Er spricht von zwei Männern und einer Frau, die bei Schrader gesessen haben. Den ganzen Tag seien sie beim Hauptbuchhalter gewesen, und das Büro für Neuererwesen sei geschlossen.

»Ich habe es geahnt«, sagt Bennewitz leise. »Ich habe

es geahnt, seitdem sie Wetzig und Linke vor Gericht gestellt haben. Und dann die Staatsanwältin, die im Betrieb war . . .«

»Welche Staatsanwältin, Karl? Davon hast du mir nichts gesagt! Du hättest . . .«

Bennewitz winkt ab.

»Es mußte so kommen«, sagt er matt.

»Nein, wir müssen jetzt retten, was zu retten ist«, antwortet Pittwein. »Jedes Schriftstück, das belastend sein kann, muß aus der Wohnung raus. Material, das aus dem Werk stammt, muß aus den Garagen verschwinden. Man muß Antworten parat haben für die hohen Zugänge auf den Konten. Jede Unsicherheit kann für die Polizei eine Spur sein. Und noch eins. Wenn einer spricht von uns, sprengen sie die Kette. Keiner darf glauben, daß sie den schonen, der zuerst auspackt! Es gibt keine Kronzeugen in unserer Rechtsfindung. Das müssen wir bedenken!«

»Sie werden uns bald haben«, sagt Bennewitz.

Pittwein blickt ihn mit großen Augen an.

»Mensch, Karl! Dazu darf es nicht kommen. Weißt du, was das heißt? Weißt du, wie hoch die Strafen sind?«

»Ja«, entgegnet Bennewitz. »Ich weiß das.«

Er nimmt zwei Gläser aus der Schrankwand und eine Flasche Kognak, füllt die Gläser bis zum Rand und trinkt den Inhalt des einen hastig.

»Du trinkst nicht?« fragt er Pittwein.

Der winkt ab. »Unten«, sagt er, »steht mein Auto.«

Bennewitz trinkt auch den Inhalt des anderen Glases.

»Was ist los mit dir?« fragt Pittwein. »Mensch, Karl! Du bist so anders? So kenne ich dich gar nicht.«

»Franziska ist tot«, antwortet Bennewitz tonlos.

»Tot? Franziska? Das kann doch nicht wahr sein! Du bist doch mit ihr in den Urlaub gefahren?«

»Ein Unfall. Sie ist abgestürzt. In der Sächsischen Schweiz. Am Freitag.«

»Abgestürzt?« fragt Pittwein langsam, und sein Mund bleibt offen. »Ein Unfall?« fragt er noch einmal, nur sehr leise, er flüstert sie beinahe, diese Frage.

»Ja, ein Unfall!« schreit Bennewitz plötzlich und geht erregt im Zimmer auf und ab. »Machen wir uns doch nichts vor«, fährt er keuchend fort. »Bald werden sie kommen und uns holen.«

Pittweins Augen blicken ihn starr und groß an.

»Sie finden jeden«, sagt Bennewitz. »Den einen eher, den anderen später. Und je später sie ihn finden, desto höher wird das Strafmaß.«

»Du gibst auf, Karl?«

»Ich gebe nicht auf. Ich sage nur, wie es ist.«

Bennewitz steht am Fenster. Als er die Stirn gegen das Glas preßt, tut ihm die Kühle wohl.

»Ich werde gehen«, hört er Pittwein sagen. Er antwortet ihm nicht.

Die Wohnungstür fällt ins Schloß. Pittweins Schritte werden im Treppenhaus leiser und leiser.

Zu Karin muß ich! denkt Bennewitz. Zu Karin! Ich muß mit einem Menschen reden!

Aber was soll er Karin sagen? Was soll er ihr erzählen über Franziskas Tod? Was über den Betrug im Werk? Er sieht plötzlich die Wahrheit erschreckend deutlich: Er hat alles falsch gemacht. Er ist von Franziska nicht mehr abhängig, er ist frei für Karin. Aber er ist nicht frei für ein neues Leben. Sie werden jetzt kommen und werden ihn holen. Das ist unfaßbar, aber wahr.

Er hat keine Chance, aber ehe sie ihn holen, muß er noch einmal mit Karin reden. Er wird warten, bis er ruhiger ist, bis die Dunkelheit anbricht.

Er liegt auf der Couch, hört die Schläge des Regulators und kann keinen Gedanken fassen, der ihn weiterbringt. So liegt er und erwartet die Dunkelheit . . .

Bennewitz erschrickt, als das Telefon klingelt.

Wer ruft an?

Ist es Karin? Aber sie würde ihn zu Hause nicht anrufen.

Will ihn jemand warnen, weil die Polizei schon unterwegs ist?

Er blickt auf das Telefon, und als es zum vierten Male klingelt, hebt er zögernd den Hörer ab.

»Ja«, murmelt er.

Aber er hört nur ein Klicken.

Wer hat angerufen?

Wer hat aufgelegt?

Wer?

Sein Herz klopft stark.

Ein Auto bremst vor dem Haus. Bennewitz sieht, als er aus dem Fenster blickt, einen Lada, der abgedunkelt auf der Straße stehenbleibt.

Sie kommen! Einen Augenblick lang glaubt er, daß sein Gehirn stillsteht. Dann weicht die Betäubung, und er stürzt zum Sekretär.

Das Geheimfach!

Warum hat er die Briefe verschiedener Werke aufgehoben?

Warum hat er die Unterlagen über das Werk in Hesselbach nicht vernichtet?

Warum hat er nicht alles verbrannt, was ihn belasten kann? Jetzt ist es zu spät!

Er reißt das Geheimfach auf, aber noch ehe er hineingreift, läuft er zurück zum Fenster. Noch immer steht der Lada vor dem Haus.

Warum steigt niemand aus? Worauf warten sie?

Aber warum kommen sie jetzt? Sie können doch auch früh kommen!

Sein Herz schlägt immer heftiger.

Was nimmt man mit, wenn man verhaftet wird?

Er läuft zum Sekretär, greift die Papiere, geht in die Küche. Ehe die Polizisten auf den Klingelknopf drücken, muß er die Papiere verbrannt haben. Er wirft sie in den Glutosherd und sieht den Flammen zu.

Wieder steht er am Fenster. Vorsichtig öffnet er es und blickt hinaus. Er sieht einen Mann, der die Namen neben den Klingelknöpfen zu studieren scheint.

Warum steigen die anderen nicht aus? Es sind sicher drei. Es sind mindestens drei!

Bennewitz läuft zurück in die Küche und öffnet auch hier das Fenster, damit der Rauch abziehen kann.

Was ist noch in der Wohnung, das ihn belasten kann?

Wo soll er anfangen? Wie kann er die Herkunft des Geldes nachweisen für all die Antiquitäten, den Wartburg-Tourist, den Bungalow? Die Papiere sind ja nur die eine Seite. Und werden ihn Franziskas Eltern noch schützen?

Er steht und lauscht, läuft ins Wohnzimmer und blickt vorsichtig aus dem Fenster. Der Mann steht jetzt vor der Tür des Nachbarhauses.

Ein Zivilist! Sicher von der K.

Seine Kehle ist wie ausgetrocknet. Es schmerzt, wenn er schluckt.

Er setzt sich in den Sessel und wartet. Er hört ein Auto abfahren. Das Geräusch ist unnatürlich laut.

Der Lada? Der Lada kann es nicht sein!

Warum steigen sie nicht aus, denkt Bennewitz, erhebt sich und geht wieder zum Fenster. Er beugt sich weit hinaus, doch er sieht den Lada nicht mehr, nur die Wagen, die immer vor den Häusern parken. Hinter den Fenstern sieht er kein Licht. Die Straßenlaternen leuchten nur matt, und der Mond wird durch die Wolken verdeckt.

Alle schlafen, nur ich bin wach, denkt Bennewitz. Ich bin allein. Allein wie in einer Zelle! Allein? In einer Zelle ist man nie allein.

Erschöpft läßt er sich in den Sessel fallen. Er erschrickt, als er polternde Geräusche von der Straße hört. Er stürzt zum Fenster und sieht, wie zwei Betrunkene mit den Fäusten auf einem vor dem Haus gegenüber abgestellten Wartburg herumhämmern.

Er öffnet das Fenster nicht, er will sich nicht einlassen in einen Streit mit Betrunkenen. Soll doch der Besitzer sein Auto in die Garage fahren! Bald darauf hört Bennewitz streitende Stimmen. Der Wartburg-Besitzer droht mit einem Anruf bei der Polizei, obwohl er – Bennewitz weiß das – kein Telefon besitzt. Die Betrunkenen aber ziehen weiter, weil sie nicht wissen können, daß er lügt.

Wieder ist alles still.

Wenn ich noch länger warte, denkt Bennewitz, kann ich nicht mehr zu Karin gehen. Eigentlich ist es jetzt schon zu spät. Er geht auf den Flur und zieht die Jacke an. Er hat es plötzlich eilig. Er sieht den kleinen Park, und er sieht das Haus, Karins Haus.

An einen Baum gelehnt, blickt er hinauf zu ihren Fenstern. Sie sind dunkel. Bennewitz geht langsam über die Straße und bleibt vor ihrer Haustür stehen, die, wie er feststellt, nicht verschlossen ist.

Karin umarmen, denkt er, sie spüren, ihre Wärme ... Ich liebe sie. Jetzt, wo mir die Verhaftung droht, weiß ich, daß ich mit ihr ein neues Leben beginnen könnte, ein sauberes, ohne Versteckspiel, ohne Lüge, ohne schlechtes Gewissen, ohne Magenschmerzen. Ich liebe Karins Ehrlichkeit. Karin ist ein Anker.

Bennewitz klinkt die Haustür auf, aber dann verläßt ihn doch der Mut. Minutenlang steht er, hält die Klinke umschlossen und starrt auf die Treppe, die er hinaufsteigen müßte zu ihrer Wohnung. Aber er darf Karin nicht wekken! Es ist spät.

Langsam geht er die Straße zurück, die am Park entlangführt.

Plötzlich muß er stehenbleiben. Ein Schluchzen erschüttert seinen Körper.

Er wendet sich um. Er muß zu ihr.

XV

Hundeelend ist Bennewitz zumute, als er vor ihrer Tür steht. Sein Finger zittert, der auf den Klingelknopf drückt. Karins Schritte hört er auf dem Flur, ihre fragende Stimme: »Wer ist da?« und ein kurzes: »Ich komme gleich. Einen Moment bitte.«

Das Licht im Treppenhaus erlischt. Noch ehe Bennewitz den Finger nach dem Druckknopf ausstrecken kann, wird die Tür geöffnet.

»Karl«, sagt Karin leise.

Ihre Augen blicken groß und ernst.

»Sie waren bei mir, Karl.«

»Wer?«

»Die Polizei.«

Wie ein Blitz treffen ihn ihre Worte. Das kann doch nicht sein? Wie können sie schon bei Karin ...

Mit hängenden Schultern geht er an ihr vorbei.

Im Wohnzimmer stehen sie sich gegenüber, ohne sich zu berühren. Als Bennewitz die Hand ausstreckt, um ihr Gesicht zu streicheln, zuckt sie zurück.

»Was ist geschehen, Karl?« fragt sie sehr leise. »Sie haben nur gesagt, daß sie einen Sachverhalt klären müssen.«

Der Fußboden bebt unter Bennewitz, er fühlt eine Schwäche in den Knien, läßt sich förmlich in den Sessel fallen und ist froh, daß er sitzt.

»Du blickst so verstört, Karl . . . Karl, was . . .«

Bennewitz sieht wieder den Pfad, sieht Franziskas Rükken, ihr langes schwarzes Haar, sekundenlang.

»Ein Unfall«, stammelt er. »Franziska ist verunglückt. Während unserer Wanderung in der Sächsischen Schweiz.«

»Wieso kommen dann zwei Polizisten in Zivil, Karl? Wieso fragen sie mich, ob wir beide ein Verhältnis hatten und ob wir zusammen leben wollten? Antworte mir, Karl!«

Wie schnell sie sind, denkt Bennewitz. Ich habe gelesen, daß sie schnell sind, aber daß sie so schnell sind . . . Und sie haben die erste Runde gegen mich gewonnen, sie haben mit Karin geredet, ehe ich es tun konnte. Sie haben mich bei der ersten Lüge ertappt.

»Ich bin am Ende«, sagte er leise.

»Wie ist das geschehen, Karl, das mit dem Unfall?«

»Wir waren an einer Stelle, wo der Weg sehr schmal war«, sagt Bennewitz stockend. »Sie stand vor mir. Sie hat hinabgesehen in die Tiefe. Ich wartete, daß sie weitergehen würde. Ich hatte die Augen geschlossen. Ich weiß nicht, wie lange wir so gestanden haben.«

»Und dann, Karl?« fragt sie leise. »Was geschah dann?«

»Ich hörte einen Schrei. Als ich die Augen öffnete, war sie nicht mehr da.«

Das Schweigen, das seinen Worten folgt, steht zwischen ihm und Karin wie eine Wand.

»Das waren keine gewöhnlichen Polizisten, Karl . . .«

»Ich weiß«, antwortet Bennewitz. »Wenn die Todesursache nicht hundertprozentig klar ist, gibt es eine Untersuchung. Wie sah der Mann aus, der dich befragt hat?«

»Er war groß, schlank, jung.«

»Trug er einen Binder?«

»Ja, einen blauen. Warum fragst du?«

»Weil ich ihn kenne.«

Kellermann, denkt Bennewitz. Dieser Mann, der Kellermann heißt, ist also selbst gekommen! Der Sonntag ist für ihn ein Werktag. Von wem hat er erfahren, daß es Karin gibt? Sie sind schon im Betrieb gewesen, in meinem Wohngebiet und in dem von Karin. Sie wissen mehr, als ich annehme. Und was können sie bei der Spurensuche feststellen? Können sie vom Boden ablesen, daß ich an Franziska herantrat, ehe sie abstürzte? Was lesen sie aus dem ersten Aufschlag des Körpers ab? Aus den Fußabdrücken am Tatort? Aber ich habe es doch nicht getan . . . Ich kann mich nicht erinnern, daß ich sie gestoßen habe . . .

»Es war ein Unfall, Karin. Sie untersuchen jeden unnatürlichen Todesfall, wie sie es nennen. Glaub mir . . .«

Warum, denkt er, klingt meine Stimme so heiser?

»Es ist furchtbar«, sagt Karin. »Ich begreife das alles nicht . . .«

»Du glaubst doch nicht etwa, daß ich . . .«

»Ich weiß nicht mehr, was ich glauben soll, Karl. Das ist einfach zuviel.«

»Wenn sie mich holen, Karin . . .«

»Dich holen? Warum sollten sie das tun? Du sagst doch, daß du es nicht gewesen bist.«

»Es ist ja auch nicht wegen Franziska!«

»Weshalb dann?«

»Ich habe betrogen«, sagt er leise, »und ich betrüge noch.«

»Wen betrügst du?« fragt Karin.

»Alle«, antwortet Bennewitz.

»Du mußt schon deutlicher werden, Karl. Ich begreife nichts.«

Bennewitz spricht stockend, mühsam, angestrengt, und er ist in Schweiß gebadet. Er stützt den Kopf in die Hände, weil sich der Boden unter ihm zu drehen beginnt.

Als er fertig ist, reibt sich Karin mit der Handfläche ihre Stirn und schüttelt den Kopf, immer wieder.

»Du und Pittwein«, stammelt sie. »Du und Röbel und Bauer . . .«

Sie läßt sich in den Sessel fallen.

»Ich glaube an das Gute im Menschen. Ich glaube an unsere Ordnung, und ausgerechnet du . . .«

Zusammengekauert sitzt sie Bennewitz gegenüber.

Sie schweigen lange. Bennewitz hört die Stimmen des Ehepaars, das die Wohnung unter Karin bewohnt. Offenbar müssen sie sehr früh aufstehen.

»Um welche . . . Summen geht es, Karl? Du sagst, ihr habt das seit Jahren getan . . .«

»Hunderttausend reichen nicht«, sagt Bennewitz. »Es ist das Doppelte . . .«

Er wagt nicht, Karin anzublicken.

»Fängt man einmal an, Karin, hört man nicht mehr auf. Es ist wie ein Sog.«

»Niemand hat dich gezwungen, in diesen Sumpf zu springen und dich zu beschmutzen . . .«

Karin sitzt minutenlang steif, ohne Bewegung, sieht Bennewitz an, als wolle sie, daß seine Worte nicht wahr sind, daß sie zu einem anderen gehören und nicht zu Bennewitz.

»Das ist alles wahr?« fragt sie mit zitternder Stimme.

»Ja«, sagt Bennewitz.

»Dann mußt du dich stellen«, sagt sie leise. »Du mußt heraus aus diesem Sog. Du mußt beweisen, daß du bereit bist, aus eigener Kraft umzukehren.«

»Das Gericht straft hart«, stöhnt Bennewitz, »auch wenn man sich stellt.«

»Aber noch viel härter«, antwortet Karin, »wenn sie dich überführen können. Wer sich stellt«, sagt sie plötzlich voller Hoffnung, »wer sich freiwillig stellt und alles gesteht, wer den Schaden wiedergutmacht, der muß doch eine Chance haben! Deine Verdienste für das Werk sind unbestreitbar.«

»Es ist zu spät«, sagt Bennewitz leise. »Es ist zu spät.«

Er stürzt zu Karin hin, und während er sie umarmt, weiß er, daß es keine Worte gibt, sein Gefühl zu beschreiben. Vielleicht weiß er in diesem Augenblick zum ersten Mal, was es heißt, einen Menschen zu lieben, weil nur an der Seite dieses Menschen das Leben lohnt.

Aber Karin bleibt starr in seinen Armen.

»So«, sagt Karin leise, »könnte ich mit dir nicht leben, Karl. Nicht mit deiner Schuld, deinen Lügen. Du kannst zu mir kommen nur mit einem Koffer, aber nie mit dieser Schuld.«

»Wenn ich mich freiwillig stelle und sie mich verurteilen, würdest du auf mich warten?« fragt Bennewitz.

Sie zögert.

»Vielleicht«, sagt sie.

»Nur vielleicht?«

»Ja.«

Und sehr leise sagt sie: »Geh!«

Vorsichtig läßt er die Wohnungstür ins Schloß fallen.

Er läuft durch die Straßen, ohne auf die Richtung zu achten, weiter und weiter.

Er stellt sich an eine Hauswand, als er einen gewaltigen Drang zum Wasserlassen verspürt.

»Ihren Ausweis bitte«, sagt eine scharfe Stimme hinter ihm.

Bennewitz blickt, als er sich erschrocken umwendet, in die Augen eines Polizisten.

»Ihren Ausweis bitte«, wiederholt der Polizist.

Der Polizist muß ihm gefolgt sein und ihn beobachtet haben, ohne daß ihn Bennewitz bemerkt hat.

Er reicht dem Polizisten den Ausweis.

»Bennewitz, Karl«, liest der Polizist und runzelt die Stirn.

Bennewitz nickt.

Der Polizist liest halblaut das Geburtsdatum vor, dann die Straße, in der Bennewitz wohnt, und die Hausnummer.

»Was machen Sie zu dieser Zeit auf der Straße, Herr Bennewitz?« fragt der Polizist.

»Ich mache einen Spaziergang«, sagt Bennewitz. »Ich konnte nicht schlafen.«

»Aha«, sagt der Polizist.

Wieso sagt der »Aha«? denkt Bennewitz, als er in die mißtrauischen Augen des Polizisten blickt. Sie beobachten mich doch. Im Auftrag von Kellermann?

»Wissen Sie eigentlich, Herr Bennewitz, warum ich Sie stellen muß?«

Bennewitz schweigt. Jetzt lassen sie die Katze aus dem Sack! Sie wollen ihn zermürben. Alles war Absicht! Sie wollen ihn zermürben, damit er ein Geständnis ablegt!

»Nun, Herr Bennewitz?« fragt der Polizist.

»Ich weiß nicht . . .«, sagt Bennewitz. »Ich . . .«

»Sie wissen es nicht?«

Bennewitz spürt den Schweiß unter den Achselhöhlen.

»Sie wissen es genau, Herr Bennewitz!«

Schweigend stehen sie sich gegenüber, der Polizist und Bennewitz.

»Dafür«, sagt der Polizist, »gibt es Bedürfnisanstalten! Oder einen Baum im Park.«

Ich sehe Gespenster, denkt Bennewitz, und erleichtert, beinahe froh, fragt er nach der Höhe der Ordnungsstrafe.

»Ich nehme an«, sagt der Polizist, »daß diese Verwarnung genügen wird.«

»Ja«, sagt Bennewitz.

Der Polizist erwidert sein Lächeln nicht, er grüßt und geht.

Bennewitz steht wieder vor seinem Haus und blickt überrascht hinauf.

Im Wohnzimmer brennt Licht!

Hatte er es nicht ausgeschaltet?

Er blickt über die Schulter, weil er glaubt, Schritte gehört zu haben. Er erschrickt, als er ihn wieder sieht, diesen Lada, den gleichen, der schon vor seinem Haus gestanden hat.

Also sind sie doch zurückgekommen! Also erwarten sie ihn und haben einen Durchsuchungsbefehl für seine Wohnung!

Im Lada sitzt niemand, auch der Fahrer nicht. Sie erwarten ihn oben. Es ist sinnlos, ihnen auszuweichen. Wenn er jetzt wegläuft, werden sie ihn morgen früh im Betrieb erwarten oder nach ihm fahnden.

Er drückt sich an die Hauswand. Er steht und steht und wartet, daß sie herunterkommen, er wartet zehn, er wartet fünfzehn Minuten, doch sie kommen nicht. Die Haustür ist nicht verschlossen. Sie mußte offen sein, wenn sie oben waren. Frau Lehmann hatte sie sicher aufgeschlossen. Langsam steigt er die Treppe hinauf. Er steht vor seiner Wohnungstür und preßt das Ohr an das Holz. Er zittert am ganzen Körper.

Sie warten!

Sie warten auf ihn!

Sie warten mitten in der Nacht!

Sie warten in seiner Wohnung!

Es ist ihr Beruf. Bennewitz steckt den Schlüssel ins Schloß. Er muß ihn umdrehen, zweimal. Seine Wohnungstür ist nicht geöffnet worden. Er lacht hysterisch. Seine Nerven.

Er zieht sich rasch aus, und ohne sich zu waschen, fällt er in sein Bett.

XVI

Bennewitz erwacht, noch ehe er den Wecker hört, er richtet sich auf und erschrickt, als er Franziskas leeres Bett sieht, das so geblieben ist, wie sie es verlassen hat am Freitag. Das Laken ist zerwühlt, das rote Nachthemd liegt auf dem zurückgeschlagenen Deckbett. Das Kopfkissen duftet noch immer nach ihrem französischen Parfüm.

Bennewitz reibt sich die Stirn mit seinem Handrücken.

Er hat sie nicht umgebracht! Er hat es nur tun wollen! Seine Nerven sind einfach überreizt. Er hat es nicht getan! Er muß es abtöten, dieses Schuldgefühl, muß Abstand gewinnen, muß sich lösen von diesem Alptraum, der ihn weiter verfolgen will: Franziskas Gestalt vor dem Abgrund. Er hat den Arm nicht ausgestreckt und sie berührt . . . Es kann nicht sein . . .

Er spürt wieder den Druck im Magen.

Und wenn er Karins Rat befolgt? Wenn er sich stellt, noch ehe sie ihn verhaften können?

Der kalte Strahl aus der Dusche löscht für Minuten die Angst und den Alptraum.

Ich werde der Verhaftung zuvorkommen, denkt er, ich werde die Staatsanwältin vom Werk aus anrufen, und sie wird mich sofort empfangen. Meine Aussage kann sie zu Protokoll nehmen. Ich werde alles sagen, was ich weiß.

Ich werde neu beginnen, ich werde nichts behalten von dem Betrugsgeld.

Bennewitz trifft um halb sieben im Werk ein. Das Telefon schrillt, als er an seinem Schreibtisch sitzt. Es ist Pittwein.

»Blinder Alarm, Karl! Sie sind es nicht. Wir haben einfach zu schwarz gesehen.«

»Du bist sicher?« fragt Bennewitz, aber er spürt keine Erleichterung.

»Ja, Karl.«

Bennewitz legt auf. Er strafft sich. Er wird es doch tun! Er muß es einfach tun! Er wird alles aufarbeiten und um neun die Staatsanwältin im Bezirksgericht anrufen. Karin hat eine Beratung im Kombinat, er kann sie nicht sprechen.

Er öffnet seinen Schreibtisch, beginnt in der blauen Mappe die noch unerledigten Vorgänge nach ihrer Wichtigkeit zu ordnen, ergänzt sie durch neue, die in seinem Fach im Sekretariat bei Frau Seidel liegen. Sie selbst sitzt nicht an ihrer Schreibmaschine, wie er es gewöhnt ist, aber sicher hat schon ihr Urlaub begonnen, und eine Vertretung gibt es nicht.

Ihr Fenster steht offen, so daß eine klare, frische Morgenluft das Zimmer durchflutet. Bennewitz atmet tief durch.

Als er sich in sein Zimmer zurückbegibt, riecht er die abgestandene Luft und sieht, daß seine Grünpflanzen nicht gegossen sind, die Erde in den Töpfen wirkt trokken, und im Glas, in dem die Wasserpalmen wachsen, fehlt das Wasser ganz. Einige Halme sind vertrocknet.

Er öffnet das Fenster, greift nach der leeren Sektflasche, die er für das Gießen der Pflanzen benutzt, und füllt sie auf der Toilette mit Wasser. Dreimal muß er es tun, ehe die Erde in allen Töpfen feucht ist.

Dann sitzt er am Schreibtisch bis um acht. Aber er kann nicht arbeiten.

Er erhebt sich, um in die Kantine zu gehen, wo er das Frühstücksangebot, belegte Brötchen und Schnitten, betrachtet und ein Brötchen wählt mit Gehacktem, eins mit Gabelbissen und eins mit Schinken und sich noch eine Tasse Kaffee bestellt.

Frühstücken wird er in seinem Zimmer.

Er drückt ein paar Hände, weicht aber längeren Gesprächen aus. Er sagt, er müsse sich vorbereiten auf eine Beratung bei Pfaff. Biskupeks Gruß übersieht er bewußt.

Dann ist er wieder in seinem Zimmer, aber er rührt die Brötchen nicht an, er hat keinen Appetit.

Um neun, denkt er immer wieder, rufe ich an. Es ist, als wollte er sich diesen Gedanken so suggerieren, daß ihn kein Zweifel mehr packen kann.

Um neun rufe ich an!

Um neun!

Es ist acht Uhr dreißig.

Er legt die Digitaluhr neben seinen Tischkalender, und während er kaut, beobachtet er, wie die Sekunden und Minuten vergehen.

Noch zwanzig Minuten, denkt er.

Er greift zum Telefonverzeichnis und sucht nach der Nummer der Bezirksstaatsanwaltschaft, und als er sie gefunden hat, schreibt er sie mit einem blauen Filzstift auf ein Blatt seines Notizblockes.

Er betrachtet die Zahl, und er wünscht, daß ihn niemand mehr anruft, bevor er sie gewählt hat. Nur Karins Anruf wünscht er sich.

Und wenn du nicht anrufst? fragt die Stimme in ihm. Wenn du einen Schlußstrich ziehst unter den Betrug, ohne dich zu stellen? Wenn du mit Karin neu beginnst, in einem anderen Werk, einer anderen Stadt? Aber er verwirft den Gedanken sofort. Karin würde nicht mitmachen. Sie ist keine Franziska.

Er legt das Brötchen mit den Gabelbissen, das er gerade ißt, auf den Teller zurück.

Ich muß jetzt anrufen, denkt er. Warte ich länger, fehlt mir der Mut. Er blickt auf die Wählerscheibe.

Und wenn er sich nicht stellte? Es konnte doch sein, daß sie keine Untersuchung in seinem Werk durchführten. Es konnte sein, daß die Manipulationen nicht so leicht aufzudecken waren wie die im anderen Werk, bei Linke und Wetzig.

Er konnte sich eine neue Frist setzen, er konnte um dreizehn Uhr anrufen oder noch später. Vielleicht war die Staatsanwältin in einer Verhandlung.

Ein hartes Klopfen durchfährt ihn wie ein Stich, denn geklopft wird nur bei Pfaff oder bei Pittwein.

Zwei Männer betreten den Raum, noch ehe er »Herein« rufen kann.

Bennewitz sitzt starr, eine noch nie empfundene Kälte scheint aufzusteigen von seinen Zehen und sich auszubreiten in seinem Körper. Er blickt in einen schmalen Klappausweis und in ein entfaltetes Schriftstück. Er sieht auf den Mund des Mannes, der beides hält, auf seine Lippen, die sich bewegen, er hört die Worte, so, als kämen sie von weither, sie hallen seltsam dumpf, er versteht sie nicht, doch er legt den Ordner, die Unterschriftenmappe und den Hefter in seinen Schreibtisch zurück.

Dann verschließt er ihn, behält aber den Schlüssel noch in der Hand.

Die Kälte hat nun seinen ganzen Körper erfaßt.

Wer hatte sie auf seine Spur geführt?

Ein Zufall?

Schrader, der Hauptbuchhalter?

Der Erpresser Biskupek?

Oder Pfaff?

Der betrunkene Röbel?

Oder Greiner?

Oder ein Hauptbuchhalter in einem anderen Werk?

Oder ist es doch wegen Franziska?

Hat Kellermann sie geschickt, diese zwei Männer?

Der eine Mann lehnt am Stahlschrank, er beobachtet Bennewitz, der andere blättert gelangweilt in dem dänischen Werbekalender mit den Blumenmotiven, als sei die Verhaftung eine Angelegenheit seines Kollegen, die ihn nicht betrifft.

Eine Alltäglichkeit ist die Verhaftung für sie, denkt Bennewitz, eine Routinesache.

»Ihr Werkleiter wurde benachrichtigt«, hört er.

Bennewitz spürt eine Schwäche, die ihn unfähig macht, sich zu erheben. Er begreift, daß sie gekommen sind, ehe er sich stellen konnte. Und er denkt: Franziskas Tod war sinnlos.

»Kommen Sie bitte«, sagt der Mann mit der dumpfen Stimme, die nun scharf klingt, ungeduldig, fordernd, aber sicher hat sie sich nicht verändert. Die Worte treffen Bennewitz wie Schläge, weil er sie jetzt deutlich versteht.

»Ihre Kollegen Pittwein, Bauer und Röbel warten schon«, sagt der Mann.

Bennewitz legt den Schlüssel in die Mitte der Schreibtischplatte.

Er läßt die Hand sinken, die zum Hörer greifen will.

Dann erhebt er sich, doch er wankt, als er den Männern folgt . . .

Das Urteil

Der Angeklagte Bennewitz wurde wegen mehrfachen, teils in Mittäterschaft, teils als Gehilfe in einer verbrecherischen Gruppe begangenen Betruges zum Nachteil des sozialistischen Eigentums gem. § 159 Abs. 1, § 162 Abs. 1 Ziffer 1 und 2 StGB zu einer Freiheitsstrafe von zehn Jahren und zum Schadenersatz verurteilt.

Die Untersuchung des nichtnatürlichen Todesfalles gab keinen nachweisbaren Anhalt für eine Tötung durch fremde Hand.

Kriminalromane

Eine Auswahl

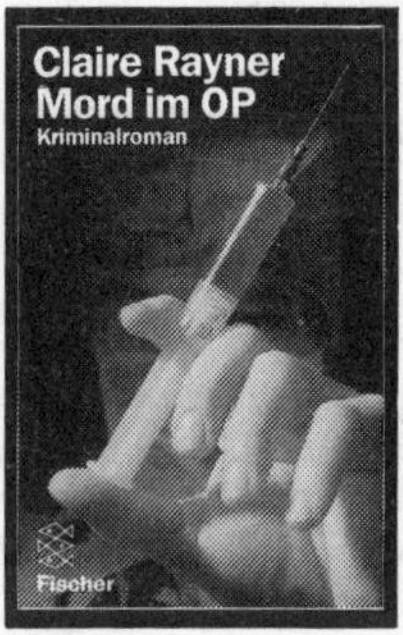

James Grady
Der Schatten des Condor
Band 2608
Die 6 Tage des Condor
Band 8116

Søren Jakobsen
Die Marmortaube
Band 8152
Der radioaktive Mann
Band 8151

Roderich Klett
Der Tod kam live
Band 8174

Hans Koning
Das Komplott
Band 8228

Seicho Matsumoto
Mord am Amagi-Paß
Band 8186
Spiel mit dem Fahrplan
Band 8230

Mirjam Pressler
Mit 64 stirbt man nicht
Band 8134

Claire Rayner
Das Haus im Fenn
Band 8117
Mord im OP
Band 8118

Robert Roden
Gargano
Band 8200
Marut
Band 8268

Gerhard Scherfling
Wer zuviel weiß, muß sterben
Band 8266

Tatort Umwelt
Kriminalerzählungen
Band 8311

Tödliche Beziehungen
Kriminalerzählungen
Band 8206

Ein seltener Fall von Witwenverbrennung
Kriminalerzählungen
Band 8207

Barbara Wilson
Mord im Kollektiv
Band 8229

Bari Wood
Zwillinge
Band 8003

Fischer Taschenbuch Verlag

fi 503/6b

Martine Carton

Medusa und die Grünen Witwen
Band 8023

Nofretete und Die Reisenden einer Kreuzfahrt
Band 8038

Victoria und die Ölscheiche
Band 8067

Apollo und die Gaukler
Band 8068

Martina oder Jan-Kees verliert seinen Kopf
Band 8113

Hera und die Monetenkratzer
Band 8141

Fischer Taschenbuch Verlag

fi 263/7

Jürgen und Marita Alberts

Entführt in der Toskana

Kriminalroman

Band 8284

Während Clas Lutter, Journalist der »Schwäbischen Nachrichten« aus Tübingen, im Urlaub mit Freunden den Palio, das traditionelle Pferderennen in Siena, verfolgt, verschwindet der Bruder seines Chefs, Josef Bock, spurlos aus einer Villa in der Toskana. Die Polizei tippt auf die Brigate rosse oder sardische Banditen.
Die mutmaßlichen Entführer schweigen. Clas Lutter recherchiert auf eigene Faust. Unterdessen gelingt es dem Bruder des Entführten, Franz Bock, Chef eines Medienkonzerns, mit Hilfe seines italienischen Generalbevollmächtigten aus Rom, Kontakt zu den Entführern aufzunehmen. Der Roman entwirft, an wechselnden Schauplätzen, Szenerien und Personal einer spektakulären Entführung und zeigt zugleich, wie ein Konzernchef, der mit der Funktionsweise der Medien vertraut ist, sich der Öffentlichkeit bedient, um seine ureigenen Interessen durchzusetzen – und dabei Opfer seiner eigenen Strategie wird.
Siena, Lucca, Florenz und das Urlaubsland Toskana bilden den farbigen Schauplatz dieser bis zur letzten Seite spannenden Entführungsgeschichte.

Fischer Taschenbuch Verlag

fi 702/1